U0814820

心途

袁岳的手机诗

YUAN YUE'S SPIRITUAL TRIP

袁岳 著

中国出版集团
東方出版中心

自序：我们要手机还需要诗歌

也许你曾爱得昏天黑地，也许你曾被爱得惊心动魄，但时间会改变一切，这些动静要么会湮没无闻，要么成为可以把玩传颂的诗歌。我们的生命中有很多节律，有些适合叙述、有些适合咆哮、有些适合抒情、有些适合朗诵、有些适合吟诵。在大部分社会组织与机构倡导的表述与沟通方式中，我们的情结、情绪、心念一动与白日梦、不合逻辑的悬想、静默的玄思、灵魂的悸动，在很多时候却会湮没在这些八股、官话与照本宣科里。是的，如果没有诗歌，我们也不会死去，但是如果没有诗歌，我们生命中这些灵动的思绪就会失去或者死去。体会孔夫子高举的《诗经》里的风雅颂吧，体会《圣经》里的雅歌吧，体会唐宋诗词的伸缩巨大的尺度吧，诗歌是理性沟通以外的一种重要的语言，是灵性的对话，是跨越时空的理解与体悟，是一种别致。

古体诗有格律，但当代诗则更加自由。诗歌越来越成为一种自由甚至随意的表达。当这样的表达成为常规，成为经常的尝试与实践，实践者就成了诗人，而实践的成果就成了诗歌，因此诗歌与其说是一种高雅的艺术，不如说是一种独特的文化技能，用心传递、找到形式、凝成风格。很多人已经不写诗歌，或者不敢写诗歌，或者不会想到写诗歌了，有些曾经写过的人现在也已经不写诗，比如俞敏洪与江南春。但是我总觉得没有诗歌的社会少了一种冲淡俗气的资源，没有诗歌的空间总觉得僵硬冰冷，没有诗歌的网络就算很前卫也显得少了很多生气。

如果可能，我觉得几乎所有的人都可以不做诗人，但几乎所有的人都可以成为诗人，如果你不能成为一个在正式的诗刊上发表诗歌的正宗的诗人，那么你至少可以成为一个在自己的网络自媒体上自由写作的自定义的网络诗人，而我就是这样一个诗人。在所有人类能够发挥的能量中，写诗或者练诗，需要消耗的能量最少，而能产生的能量也许挺大，而在诗性的追求中，我们也会变成一个在人文意义上更有魅力与感受力的能量体。想象一下，如果我们除了专业的诗人以外，还有多少有点诗情的法官、企业家、医生、投资人、工程师、律师、科学家，我们与他们的交往得到的感受也许很不一样。

我们在旅行与网购中，还有诗歌；我们在城市与田园的转换中，还有诗歌；我们在穿越的游戏与大片中，也还有诗歌；甚至雾霾里，我们至少还有诗歌；在沙尘暴里，我们至少还有诗歌；在我们担心食品安全的时候，我们还有诗歌。因为有诗歌，丰富会在诗作里加浓，而匮乏会在诗作里稀释。这个时代，我们还需要诗歌这样神奇的调节器。或曰：我们要手机，也要手机诗。

目　　录

雨练

雨点落在车前，
雨刷还停在昨天。
我的耐心像一根蚕丝，
慢慢地，
在雨声中漂炼成琴弦。

1月1日

自解

幻相见，
何思倦，
诺去也，
不须怨。
八重寒露锦衣懈，
三更遥望痴心眠。
长驿在，
恩义翦。

1月2日

江景

波彩粼粼，

珠江，
你的夜是神秘的迪厅。
听，
我能听到，
那无声喧嚣的热乐；
看，
我能看见，
那无影舞动的神灵。

1 月 3 日

舟饰

我站在沙滩，
凝视那小舟，
白白的，摆设着，
装点冬冷的滩头。
水浪沙沙地漫来、退去，
直到稀疏的人散尽，
小舟的桅杆还在不眠地敲奏。

1 月 4 日

成臆

迷迷辨辰光，
寸寸寄柔肠。

依依理卿丝，
离离朝伊望。

1月5日

村像

那么熟悉的村庄，
仿佛每一个农家子的故乡，
裹住我儿时的刀伤。
老狗的吠声绕着，
村口老槐树还有老伯们的烟枪。

1月6日

闯荡

南海轻波暖，
北苑雪飞远。
四时有晴雨，
江湖同一船。

1月7日

回程

在，

夜半，
寒雾中，
我微笑着，
驶入这孤城。
而且看见路灯，
在面前殷勤延伸。
有一路莫名的亲切，
忆着我曾快乐的黄昏，
一个年轻人自决的行程。

1月8日

变

曾经悄悄看见她的云，
一转身，
已经变成他的雨。

1月9日

园忆

窗下，
白灿灿的阳光，
安静地对抗着今天的寒意。
草坪黄绿色，
在冬日的风中似曾相识，

那些青春匆匆的日子。

1 月 10 日

纵身

稚稚向朝气，
茁茁共俊骑。
此生不留梦，
一鞭奋千里。

1 月 11 日

默雪

寒夜没寒声，
繁星羡繁灯。
暖梦不臆雪，
寂然白一城。

1 月 12 日

生活意境一：

爸，我想你了！

爸爸，你好。我想你了。非常想念。

你离开的日子，兄弟姐妹们很义气相助。我把你65岁时候拍摄的神采奕奕的照片替代了你更晚年的照片，悬挂在老宅的堂屋里。也给了大家一人一张，让我们大家纪念你在我们中间的日子带给我们的幸福。对我来说，你是我小时候讲故事的慈爱有趣的爸爸，济颠和尚与白娘子的故事是你的保留节目；你早年身上和被子上带的烟草味道也让我觉得亲切，我甚至觉得你的烟嘴也是很酷的；你总是笑嘻嘻的，我想你还会在天堂里与已经去世的老邻居朱康乐、蔡松山开玩笑吧；你在世时候与我们一起看的上千册连环画已经不见了，这是我自己感到最大的损失，有小画书的日子是我快乐也是在小伙伴中骄傲的日子；我喜欢你突然不见了的出差，因为你就像神秘的圣诞老人，在你出现的时候总会带给我们各种好吃的点心，而且你比圣诞老人出现的频率高多了；傍在你身边，听你给朋友讲述各种旅途上的趣事、美味、朋友，在我幼小的心灵里面埋下了对外面世界的向往

的种子，你从来不用外面的陌生与遥远吓唬年少的我们；我还记得我的那些侄子外甥或者他们的下一代是有多么喜欢听你讲故事，在你的床上寻找小吃，围着你翻来滚去，你就是那样要么笑眯眯，要么假装生气地拉开滚成一团的几个孩子；我现在还常常想到你戴着眼镜看参考的样子，半夜里你扭响收音机换台的动静。爸爸，如果没有你带给我的信息，我就是一个理想与心志大打折扣的村童；在我的记忆里，你从来没有打过我，也没有怎么大声地骂过我，我甚至偷偷拿了你皮夹里面的一点钱也不特别担心在你发现以后收拾我，在你身上我没有恐惧只有亲爱，没有伤心只有温暖，没有失落只有向往。你虽然离开了，但是爸爸，你把你的印记、教养、脾性刻在了我、我们兄弟姐妹，甚至你的孙辈们的身上。

你走了，妈妈也停息了常年伺候你的辛劳，但妈妈有一段时间失去了她生活的目标感。她的腿脚慢了，她能做的家务少了，她睡得也早了。可是每次我给她打电话，她总用“你爸不在之后”的前缀开头；在解释她的做事原则的时候，几乎总把她的话与你的话对比；而且有的时候她为了说明自己的立场，就会特别突出说“要是你爸的话就会那样”；而最让我觉得温馨的时光是我每次回家和她夜谈的时候，她会回忆起很多你们一起度过的岁月。爸爸，你是那么永远地雕刻在妈妈的生活中，也一样流动在我和我们兄弟姐妹的血液里，流动着你留给我们的爱，也表明我和我们兄弟姐妹铭刻着对你的爱。

爸爸，我想你，非常想念！

日月色

旋转四十五度，
看见你神采流溢的脸，
把快乐涂在额头，
有些斜，
有些远，
直到明月的脚前。

1 月 13 日

日欢夜

一朵朵金色的玫瑰，
衬着逢场作戏的迷醉。
寒月的眼俯瞰，
那些熙熙攘攘的红人。
我有草莽的根底，
我不用做春风的傀儡。

1 月 14 日

当时

风花化雪入夜梦，

开阳漾铃鸣晨钟。
昊天长冷一页过，
我酿酽情为伊颂。

1 月 15 日

芳雨

雪白照夜未入梦，
菡冰峭晨励花珑。
天拥云被人尚懒，
正喜美友踏雨踪。

1 月 16 日

遮掩

遮盖了绿，
遮盖了雪，
遮盖了意外的忐忑。
于是，
我惶恐的面容，
映进了渐浓的暮色。

1 月 17 日

无愁

风与马的情仇，
权当看青蛙给猫儿作秀。
我的小宇宙里，
云总淡，
风总悠。
百年娇嫩的紫薇，
正来装饰我闲懒的心头。

1 月 18 日

透露

君纵舞袖映寒涧，
我横长笛动岭颜。
花凋谷空溪流隐，
冰宫寂尽启春帘。

1 月 19 日

麦色

麦苗的初尖，
挑拨岁尾遗雪的萧瑟。
等着暖风醉透，

翠嫩盖头里春麦的姿色。
拒剑一样的麦芒，
曾经隔离了爱慕者的忐忑。
直到沉甸甸的摇曳，
化作九月饱满的羞涩。
麦子呢，
就是传说中天人的稼穑。

1 月 20 日

分别

不分明的视线里，
涌动着你劲混的涛浪。
没有生机的苇丛，
衬着雨线轻遮的隐伤。
我们，
双双掠过你的湖面，
以一种荒凉的依傍。

1 月 21 日

风河

风曾是不相识的河，
长长而藏着隐的漩涡。
细韵扑面如水花，

泛载邂逅而行之神舟。
低低啸杳，
正如远远的渔号响起。
君风动潮正劲，
我洗耳恰可听。

1 月 22 日

风声

筝逍乎八尘，
樱沉于九泉，
而我磨损的迷离，
与嘶哑的天际线盘旋。

1 月 23 日

新秀

疏雪漫飞沾行头，
碎雨续飘养悠游。
对镜抹去旧年装，
二月宜新兰花蔻。

1 月 24 日

生活意境二：

那幼稚的水母

浮潜前行，透过潜镜的玻璃片，那略显雾蒙的海水中出现了第一只水母，远远地孤游着。就在这以后，两三只水母出现，然后是七八只，然后是突然的一群，最多的时候有差不多三四百只水母在我的视野里。我得轻轻的，免得搅动的蛙鞋击伤了它们，事实上真发现一些伞盖或者底柱受过伤的水母。水母大多慢慢地游动，那伞形的盖或上或下地前行。不是所有的水母都会避人，事实上似乎有的水母对于游来的人更热情，有的淡漠，有的则回避。这里的水母都是金黄色的样子，无毒，伞形透明，伞下透出十字架式的内腔。它的底部是六柱的水母体，大概相当于我们常说的海蜇头。

每一柱的底部还有一个微小的絮片，飘在水中。触碰的时候能感到它们是软软的。水母生活的这个水母湖在一个山坳里，需要弃舟爬山，然后到湖边向后游 300 米左右进入到水母密集区。水母湖是个海水湖，底部有珊瑚洞与外部相通。也许因为生活的环境里面没有天敌的原因，这些水母进化没有了攻击性。当浮潜时关注那么多水母在周围梦幻般地悠游的时候，我有一种很特别的感觉，是对于自然的造化，是对于天人之间的距离。

在帕劳的群岛中，水母湖不只是唯一的让我自然生出敬畏之心的景点。事实上在千年干贝、鲨鱼岛、美人鱼航道、牛奶湖等景点我都有同样的感受。那些长达一米左右的巨大干贝，已经历一两千年的生存，从开始 2 000 多只到现在只剩下 40 多只，可见人类对于自然的侵害有多大；鲨鱼岛的鲨鱼数量也不少，它们也轻松地与人相处；而在美人鱼航道，虽然现在真正的美人鱼——海牛并不容易见到，但是想象下以前寂寞远航的水手在这样的航道上看到一只水里冒出来的顶着海草的海牛的时候该是如何的欣喜若狂；牛奶湖可以挖出湾底的火山泥作为涂抹保健的天然用品，而这牛奶色正是来自挖洗这白色火山泥的过程之中。这里处处都有惊喜的发现，比如在我们今天返航的航路上就路遇三只搏浪而行的大海龟。

现在来帕劳的中国游客还不多，以后也许会多起来。我希望后来的游客在欣赏帕劳美景时能记住几点：一定要有很强的保育观念，根据本地法规与导游要求遵守保育规定，也不要随意触碰、捡拾、猎取甚至食用保育物种；二是到处轻轻的，不要着急、不要擅自穿行，多听本地导游意见，排队等候，做个有耐心的游客；三是来之前学点知识，知道点各种自然地理历史的知识，做一个懂行的游客。

破季

总问分寸藏心晴，
每慢罗衫欺月明。
天高不知容羞处，
正拿风花做彩娉。

1 月 25 日

除夕

慈母亲相重，
星月缘中动。
往来唇齿事，
烟花破暗空。

1 月 26 日

极面

枯，
枯透了才有春的萌醒，
冷，
冷极了就有暖的秘信。
其实，

有了爱，
多么深的黑暗，
也不能淹没明亮的心。

1 月 27 日

思夏

冬雪飘飘中想念夏天，
想念知了声和西瓜味的交织，
蚊子叫还有美女短打的气息。
人哪，
就爱想念那不在身边的季节。

1 月 28 日

信封

冰，
晶封了我的睡梦。
渐渐移来的阳光，
一寸寸地化出，
孩童般的郁郁葱葱。

1 月 29 日

冬憬

趟过冰溪水，
静看倒映天堂的光辉，
笑脸只是一幅恍惚的前景，
哗哗哗，
每一步踏一个碎。

1 月 30 日

渊缘

滴雨在额或是缘，
临风散发亦无怨，
冰雪本是漓香水，
脉脉却在青岳端。

1 月 31 日

末觉

我不知，
怎样的夏日有雪封的边角。
我也不知，
怎样的黄昏有童真的叙说。
我更不知，

怎样的航线有温润的结局。
我坐在朝阳的气息里，
想得云起花落。

2月1日

年聚

黄骨铮铮临仙波，
锦肌笃笃伴醇酢。
明酿一樽照三巡，
竟有鳖裙袖龙魄。

2月2日

情墟

如茵垛，
芳菲错，
脉脉独酌，
浓醇对空座。
梨花笑问寄谁情，
长驿不曾遗我诺。
朝华谢，
染城廓。

2月3日

跨岁

旌熠耀长空，
雳烨争星穹。
静心跨闹岁，
不与纷攘同。

2 月 4 日

立春

暖阳陪亲娘，
家世绕膝长。
慈颜盈盈笑，
春意满厅堂。

2 月 5 日

生活意境三：

在爱好的天空下

这个世界上有很多的可能性，我们对这些可能性的认知都有可能，也都有不可能，前提在于我们知道有哪些可能，并且对其中哪些可能有充分的兴趣或者有限的兴趣。我们对这些可能性在有所见识以后，往往有不少可能可以表现出本能的兴趣与偏好，但这还不够，在我们进一步接触与具体体验以后，我们能够辨识与确定哪些属于我们更愿意去多接触甚至长期体验的。这种事实的存在，一旦带上了我们的兴趣与倾向，我们就界定其为自我认同。自我认同是确定这个世界与我们的主观关系与客观关系的疆界，有了自我认同，就有了属于我们的主观疆域。

这个实际上的很多可能中，有些可能更有财务上的表现能力，有的更可能有艺术上的成就能力，有的则更有政治性的地位感。不考虑我们的爱好，那么这些可能因为我们重视的社会维度的差异而得到不同的排序，我们的亲友老师给我们推荐学校、专业、工作岗位是有不少的客观考虑的，这些考虑所基于的依据往往就是

在某个维度上的价值。我把这类得到一定的社会流行度或者得到特定范围社会关系肯定的事项称为社会认同。在有社会认同的时候，在某个时候给我们一种集体归属感与安全感，但是如果没有自我认同，我们即使得到了这样的机会，我们依然询问自己的幸福感与快乐感。有位网友总结得好：只有自我认同，似乎就像背叛社会；而只有社会认同，又似乎出卖了自己的灵魂。

很多人把自我认同与社会认同对立起来，是的，很多时候两者之间的共同点不多，但也不是没有，因为只有我们把自我认同范围扩展起来，同时又主动把社会认同的范围扩展开来，最后这两者之间的交集将让我们产生在职业选择中的最佳状态：职业幸福感与职业成就感结合的部分。首先，我们努力造就的是不要去选择社会认同与自我认同都不存在的职业；其次，我们在走投无路的时候去选择有社会认同没有自我认同的选项；再次，我们剩下的就是最好的选项：自我认同主导或者自我、社会双重认同。而在我看来，在职业教育与情感问题上的自我认同是非常薄弱的，因此我们需要重视、培养、壮大与高举自我认同的旗帜，这才与我们今天强调幸福社会的努力方向相一致。

我们要在爱好的天空下行走，因为只有爱好才使我们成为一个积极、主动、励志与不断更新的人。

备春

触碰二月的冰凌，
春天的水生生打了个机灵。
老鸭们已经很敏感了，
试探着观看冰面的动静。
把傍河的桃枝整了，
等待三十天后绿芽红蕾的苏醒。

2 月 6 日

鸿

一颗花种的羽，
也载着平凡的意志。
影武的愿，
触摸着柔和的脊。
我掀起北海的涛，
易作南天云浪的呼吸。

2 月 7 日

春饮

蔬果芳泞充醇酊，

虫雀咿呀弄翠琴。
莫道山阴暖来迟，
漫品春意寸寸新。

2 月 8 日

缘来

用一万里，
把一座山、一只鸟、一棵树，
和另外一个人，
缘分在一起。

2 月 9 日

对峙

一片旧诗写新惆，
新池水下古木头，
百年窖藏新年酒，
老岸迎面新潮吼。

2 月 10 日

云秀

一百层，

雾锁的高空，
透明的 T 台上，
恐高的心可以收拢。
凌驾于这城的甜梦之上，
一场后半夜的秀，
旁若无人的几分钟。

2 月 11 日

缘来

青衣白马蹄弄潮，
长海繁星眼对笑。
化外常遇心想事，
沧桑缘尽尚不老。

2 月 12 日

邂艳

玻璃玲珑屏花觅，
瑶琳烟火织蜜帘。
冰湖也有云雨时，
浪漫竟看烂漫天。

2 月 13 日

飞戚

浓雾飘过轻轨，
有些许醉意摇坠，
收拾你脚边跌倒的云碎，
垒起我身后绵厚的紫辉，
山不垂悔，
水不容愧。

2 月 14 日

月登

浅水深雾孤立岛，
轻床沉木无月宵。
春步初临灞桥头，
梦阑不牵枯蒲草。

2 月 15 日

曼信

如果我的脚步，
能踏过那重幔的山。
那么，
从容地听，

有多少呼吸，
可以缓缓融入一场倒春寒。

2 月 16 日

海井

将蓬勃的海，
收在这一眼窄井。
将无边的浪漫，
放进一颗载我的心。
不是露水的爱情，
就不用大海般散漫驰骋。

2 月 17 日

春雪

冰菱弄琼滔，
晶莹舞清嚣。
二月寒踪浅，
雪闹春枝梢。

2 月 18 日

生活意境四：

超越平庸与猥琐

似乎没有人明确地追求平庸与猥琐，但大多数人不能超越平庸与猥琐。平庸与猥琐是一种境地，是一种不小心发现自己已经在其中，但要出来却比走进来成本高很多的境地。很少有少年就注定了是平庸与猥琐的，至少大家都不愿意承认，但在一定程度上平庸与猥琐是在少年时候就被塑造了的，所谓“三岁看老”有说法。

平庸与猥琐的来源往往与以下六种选择有关：其一是限制见识，不知道世界上有这样的事情，只知道眼皮底下的事情，或者对于更多的其他事情根本不去关心，久而久之形成了人家告诉才知道的情形，但一旦信息源被其他人掌控，意味着独立判断能力就衰退；其二不做决定，机会很多、选择很多，问题在于我们需要做自己的决定，自己的决定又在于形成自己的判断与说出自己的判断，这样两件事情结合在一起就形成了决断力，决断力实际上是一种技能，是可以锻炼与尝试出来的，但如果有人总是替代决策，那么决断力就必然衰退；其三是决定了也不去尝试，这样的话计划力与执行力就会衰退，总是为需要行动寻找闪避的借口，久而久之就

会习惯言而无行与言而无信；其四总是尝试已经做过与没有风险的事情，点菜点旧菜，就业选安稳，交往选熟人，办事靠关系，这就让自己很难有拓展局面的能力了；其五出了问题不敢承担责任，总是找客观原因，不会反思自己的行为症结，如果要自己承担责任就选择逃避；其六寻找及时的轻松与乐趣，没有对于必要的成本与代价的承受力，因此只能获得有限的短期收益，无法获得长期的风险收益。注意了，如果你有六种之一二，或者已经有六种之三四，那就需要值得警惕了，遗憾的是不少师长不只不警惕，简直就是鼓励与强化自己孩子的平庸倾向。我称之为，望子成龙，养子成虫。

人们超越平庸的境地，大约需要六种能力：富有见识，超越单一领域的目光；独立选择，有清晰的自我认同；尝试服务，在考虑别人的经验中养成设身处地的习惯，我称这样的人为有大我的人；有独立的人际关系，编织能帮助自己目标实现的资源体系；积极行动，在行动中确认自我的爱好与目标，为实现自己的目标而承受必要的代价；认真反思，在原有的基础上不断提升；富有魄力，愿意为自己的所作所为负责，包括因此而受到必要的惩罚。

草作

蘸着搏动的浪花，
重新挥出我的行草人生。
冷夜可以粉色，
不妨碍我依然想念，
那曾经隐约的字迹。

2 月 19 日

楚目

两湾亮月泊明窗，
楚天静水栖寞伤。
春湖藏尽梨花雨，
高枝遥摇红莺唱。

2 月 20 日

松紧

从来春秋风敲叶，
栽种一季，
收获一季，
人生有心皆得意。

忽然一时如梦去，
十八如许，
八十如许，
得失不须真较计。

2 月 21 日

微波

星移眠任迟，
霞动醒无知。
一芽一季春，
悄发花未痴。

2 月 22 日

验命

白衣肥胸斜红花，
巫风谈卜当戏话。
素颜不展平生运，
情约百年验卿卦。

2 月 23 日

背影

告别并不比相识容易，
人们甚至不能，
把曾经的时空化入记忆。
遗忘也是一种祝福呢，
也许转身，
就有美好的风生水起。

2 月 24 日

河心

塞纳河啊，
你像美丽的飘带，
串联了所有的美景，
却没有拴住我的美人。
河水迎面而来，
粼粼的幻影中，
有一脉她依稀的眼神。

2 月 25 日

神情

凝如羊脂的女神的肤背，

丘比特也会触摸着陶醉。
盼望这古远的情种哦，
焕发出众神所爱的新穗。
请随我随我起来吧，
亲爱的，
不要在春光中再漫漫长睡。

2 月 26 日

穿越

泥江清无时，
弱英花放迟。
长夜总有尽，
异类亦相知。

2 月 27 日

渗透

乌溜溜的眼看着天，
那一份天真，
香得透我的陈年。

2 月 28 日

悄变

春暖不觉爱恨天，
想念悄发聚别间。
青玉自发三千翠，
华容不动易人颜。

3 月 1 日

穿撞

雨织的墙，
把车头阻挡，
以水的柔软，
对抗不了铁的心肠。

3 月 2 日

生活意境五：

与什么样的朋友一起旅行？

我是个在旅行中行走的人，在旅行中我们花很多的时间，不再像常规的那样工作，那么与什么样的人一起旅行会最愉快呢？我在旅行中与很多朋友同行，感受到不同角色朋友们的作用与效用，与大家做点分享。

——开朗的没心没肺的朋友。他们对啥东西都爱乱问一通，乱说一通，很多无厘头的故事与问题，跟谁都自来熟，没大没小，没啥规矩，这样的朋友特别能够制造气氛，有的时候有点制造过了，但是他们绝对让一群人的情绪能调动起来，莫名其妙地变得开心。这样的朋友是开心果。

——爱学习爱研究的朋友。到哪儿都会追根究底，搜索网络上的资料，事前说不定还做了很多背景研究，对啥都有兴趣，也很愿意分享，他们是百事通，是小百科，是活地图，是业余而专业的向导，是可以托付的知识朋友，有这样的朋友，大家在不知不觉中就学习到很多东西。

——才艺朋友。会唱歌会跳舞会猜谜会算命会测试会瑜伽会围棋会拉琴会调鸡尾酒会游戏。这样的朋友让大家处在动手与互动中，让大家欣赏着迷，也让大家争风吃醋，还有的时候很愿意跟他或者她学两招。

——美食家。讲究吃的吃货，吃过的东西可以分享，没吃过的东西可以探索，想吃的东西可以寻找，找东西吃的时候很多讲究，吃东西的时候很多学问，吃完之后很多吃的故事。有美食家的旅途上往往容易长胖，你会忘掉要节食减肥这件事情。

——买单积极分子。很多旅行团的吃喝住行都有规定的安排，但是我要说规定越多的旅行往往是程式化的旅行，所以很多临时起意或者临机应变的安排更有味道。而这个时候会出现成本的变动，如果一起旅行的人是个慷慨的买单积极分子，你会发现大家的乐趣会多很多。

——搬运工。看起来像个默默无语的工人，没有其他的趣味，但是大家的大包小包他会主动帮你去拿去扛，而且还一直那样坚持去做，开始就觉得很有君子风度，后来随着买的东西越来越多就觉得他是自己再不可缺少的依靠了。

——组织者。虽然不一定是最受欢迎的角色，但是有这样的人在团队里面拿主意，大家的旅行会比较有效率，争吵比较少，关系比较统一协调，有问题有人担当，决策很果断。

移风

尚都有雨湿时裳，
米兰当春绽初芳。
世人常说水土异，
东风吹灿西子妆。

3 月 3 日

年暇

我在冬中看见春芽，
听着稚气的歌声，
穿越嘻哈。
旧年已经结冰，
更锐的零九已像灿烂桃花。
爱乐吧，
真功夫还来得及 RAP2008。
再冷的人也可抱团起舞啦，
恰恰恰恰。

3 月 4 日

机缘

初响潮落滩沙弄，
了意香留开心从。
从此山峦薄沧海，
枯漠尽入锦花浓。

3 月 5 日

漫期

碧水常无依，
金沙亦不契，
月阑空如洗，
花晚蝶来迟。

3 月 6 日

无所

雪在那里，
雨在那里，
花在那里，
草在那里，
不知不觉、
不喜不嬉，

有点显得多余，
你。

3 月 7 日

独赋

暖阳心舒花攀枝，
朗月春照夜欲迟。
一路繁华任君看，
我秉心烛酿清诗。

3 月 8 日

深缘

容我坐在刺青的荷田，
数你粉色的星星；
让我洗净前朝的阳光，
扬起你明日的纸筝。
宝贝儿，
雨漫不过春天的额头，
我送给你一个久藏的晴。

3 月 9 日

凝望

我的家乡，
奔跑着我熟悉的四不像。
云的耳朵，
雨的面庞，
风的品格，
冰的心肠，
捏成一道古旧的春光。
你笑容消逝的晚上，
我的麋鹿在忧伤地歌唱。

3 月 10 日

斟酌

野外石头野外朽，
风风雨雨常消受，
容不得，
半滴羞。
深爱曾为所爱留，
彷徨不胜春杯酒，
轻抬举，
遮阳袖。

3 月 11 日

旧照

由远而近，
麦芽糖在被叫卖。
留一份甜蜜的景象，
由内而外。

3 月 12 日

母爱

蹒跚在，
自家的园子里，
颤颤地拣起每一缕阳光，
把丝丝温暖，
留待远远近近的亲人分享。

3 月 13 日

倒映

晨，
睁开，
大眼睛，
从我眼缝，
看见了昨夜，

不曾归家的星。
古来今往的穿梭，
把多少美丽的气候，
突然变成了我的心景。

3 月 14 日

生活意境六：

为每一个生日喝彩

今年的生日有三拨人为我庆生：大商学院、飞马旅还有客户。也许你看得出我的生日还是蛮革命化的，要是完全由我决定，我还不一定这样去庆祝了。也许是与我从小的习惯有关，我家从父母到哥哥姐姐都很少过生日，直到最近的一段时间，过生日才变得经常。而我自己也习惯了在路途上过生日，随遇而安地遇到和我一起过生日的人。还想得起来，30岁的生日是在零点的北京公司里过的，早期的一个员工刘盈为我画了一幅漫画，上面写着：我是YY，我们现在要一起出发。40岁的生日是在华盛顿DC过的，在DC能找到的10多个朋友一起在一家希腊餐厅里面点了他们所有的菜与点心，我还趁兴致写了一篇《今年40明年14》的博文。去年，在北京，零点的同事们一起为我过了一个生日，大家为我表演了不少节目。多少年来我习惯了与工作的同事一起过生日。

我三姐、二姐还有我妈，对于我是哪天生日有不同的记忆，分别有农历3月24、25、26三种说法，最后我选择了老妈的说法，就是26了。万年历的记载，就是4月27日。据我妈及我邻居说，我是我妈自己接生的。从小没吃过母乳，也似乎没怎么喝奶粉。大约4岁记事，最初的人生记忆是我们那里发了大水，水都进了屋子。一直到16岁上大学的时候才注意到同学们都有认真过生日。我为自己第一次过生日买的第一个生日礼品，是用自己赚的稿费买的——钟山牌手表，36元钱，后来在2008年汶川大地震的时候在网上慈善拍卖出去了。那个时候甚至我还收到过一个喜欢我的女生送给我的鸭蛋作为生日礼物。似乎能记得的大学与研究生时代的生日礼物大半就是这样的礼物，而从没认真地庆生过。直到我工作以后创业以前，我收到过来自自己喜欢的女生的生日礼物——是本《圣经》，还有在一起吃的生日餐。以后的生日都会有生日餐，基本上也是随遇而安的生日，包括几次在大学里的黑苹果公益动员活动中的现场生日、几次创业聚会中的现场生日与在商业论坛上的现场生日。现场生日庆大概算是我最近几年生日庆生的典型形式。

我热爱新知，欣赏创新的人物与组织，乐于与创新者为伍，我们是在创新中找到生命持续的奥秘与真谛，创新就是对于我们最好的庆生。因此我热爱零点——她总是在洞察新知中接生新的商机，我热爱飞马旅——她总是与新生的服务精英一同前进，我热爱YES黑苹果青年——我们为年轻人找到行动意义上的自我。

文梦

在我的梦海，
漂泊那些庞杂的文采，
澎啊，湃啊，
涌啊，动啊。
但，
总有一些墨夜没有潮汐，
总有一些滩头没有字迹。

3 月 15 日

化石

柔弱把刚硬温柔地注销，
幽黑的岩面透出三叶草。
遗忘是天真陈年的解药，
冰冷里凝聚了熔浆的欢闹。
蝴蝶翅膀重织的花容月貌，
叹息着与昨天的灵魂赛跑。

3 月 16 日

春荔

鸟叫，
霞照，
人在这边笑，
还早还早，
藏起生涩味道。

3 月 17 日

浪花

樱灿一日即逝空，
此花明灭更不同。
狂峰曾托星云起，
百立波头尽芳踪。

3 月 18 日

眠距

笑露稚容念念浅，
梦近艳阳杳杳仙。
长日当歌飞唇度，
东西南北一觉间。

3 月 19 日

晒诗

把潮湿的心思，
拿出来晒晒，
于是，
你就能看到一篇篇，
干爽的，
新诗。

3 月 20 日

异日

天街有云遮星映，
晨氛无帘谛鸟嘤。
初识不觉花带雨，
西风从此悦心情。

3 月 21 日

远道

衷怀中伤，
恍遗黄腔。
菩提弃本，

异作伊乡。

3 月 22 日

星思

星星用天空阅读黑暗，
我用往事和沉默对话。
没人读懂眼中的圆月，
我在灵感中飞行如花。
弹性是种神秘的距离，
远近的卡通像某幅画。

3 月 23 日

天音

笛横雪山峭，
曲弄襟衣飘。
心栖湛金岗，
迎风吹霄谣。

3 月 24 日

春享

销售几斤春天的阳光，

换丝丝透亮，
伸个懒腰，
寻芳。

3 月 25 日

奇遇

黎明，
从来不是一种惊喜。
我们一生中，
却与她如此罕见。

3 月 26 日

生活意境七：

男女都是一本密码书

听过很多男人说，女人真的很难懂；也听过很多女人说，男人真的很难懂。我自己也曾经这样感觉过，而没有例外的是，这些“难懂”发生的时候是因为情愫作祟——这个世界上的很多男女如果你不关心不在乎就没有所谓懂不懂的问题，因为懂不懂本身就不重要；但这个世界上当你对异性太关注了，那么你能关注到的细节、状况、信息就可能比一般人多得多，甚至比他或她本人还知道得多。我自己年少的时候喜欢一个女孩，可那个女孩喜欢其他男孩，当我问她那个人有啥比我强的时候，她的回答就是反正我喜欢。这是个回答，但这是一个不那么在乎的回答，因为她没有那么在乎的心，需要考虑我在听到这个回答时候需要的耐心与关照。当然如果两个人对上了眼，那么彼此的在乎就有了个出口，而且彼此的在乎也有了反馈与报偿。但如果一个人喜欢另外一个人的程度，超过了那个人喜欢这个人的程度，那么感受的不平衡性就出现了。

一个人的出生、成长、求学、交友是一段漫长而细致的历史，很

多细节与情节甚至已经淹没在个人的记忆里。不只是这样，即使在眼下，我们对自己周围的人物、事件、景色、机会、厄运都会有自己的兴致、观察、评论或者情绪反应。在这个意义上，一个人有着大量的信息储存，也有大量的即时信息处理，在理论上一个人可以有大量的信息与另外的人交换，而且这样的交换可以持续不断，只要交换在持续，那么了解另外的人就不是一个问题。即使有不明白之处那就大胆大声或者小声问好了，问答之中一切都可明了。即使人是一本书，我们只要认真阅读应该可以明白。

实际却不一定这样。有很多人在与特定异性交往的过程中发现没有共同语言，无法继续话题，没法互动；也有一些人发现，自己喜欢的异性与其他人在一起的时候很开朗，而与自己在一起的时候似乎成了闷葫芦；更有一些人发现，对面的异性故意拒绝与自己互动，明明自己做的事情就是不告诉你，或者即使告诉你也很不耐烦或很不甘愿。可见，情感一旦有了落差就可能产生情绪，而情绪本身就可能成为拒绝进行对称的信息交换的因素，或者成为故意封锁隔绝信息与拉大距离的动力，这个时候对面的人就显得更加神秘、不可理喻或者让你拿他、她无可奈何。当对方成为密码书的时候，说明双方已经出现了较多的问题。

持续的沟通可以减少问题的积累，不要等到问题成堆与一地鸡毛的时候才去面对。而在出现个别的情绪冲突的时候，需要有人主动地让步，而另一方则要珍惜这样的让步，并且有更主动的态度表示。我们可以减少的是让误解与本来不大的问题积累成为双方故意隔绝的强大动力。当然，在这样的沟通中发现双方真的不合适，那也不是出于内心深处的郁闷，而是出于对双方状况的了解而放手。

清流

曾有梅竹榄峰涧，
亦因风烟污纤纤。
不待神流新山河，
清脉已赋膜中天。

3 月 27 日

天飨

朝露洇清绡，
磬霜酿浓浆。
把盏同仙酩，
织梦透卿香。

3 月 28 日

牵连

跨越海，
跨越渴望，
跨越阳光的影子，
跨越鱼米双丰的江南。
但是，

请攀援，
那不能跨越的风筝之线。

3 月 29 日

天信

一场春雨滴滴寒，
万点翠色丝丝淡。
黧颜不掩春消息，
我蘸浓情潆素函。

3 月 30 日

观塔

晨沫江风夜映湖，
箭挽飞声缨满纾。
三月春中鱼心动，
高处正好看鹰逐。

3 月 31 日

越暗

午夜，
粉樱被锁于墨圜，

正如翠柳荡曳于凝暗。
黑不能锁住爱中之心，
纵身在暗里，
他也可飘栖于光明的彼岸。

4 月 1 日

也许

一所玻璃建筑老去，
他站在凋落的昨日红叶中，
也许默泣。
山的香气不再，
石阶也成了驳零的旧砾。
一个男孩站在这里，
他的眼神炯炯，
越过山这边的陈迹，
想象那边也许魔兽的气息。

4 月 2 日

醇风

窗外，
母校绿意正浓，
海鲜店里温暖的酒风。
再饮，

红了双颊，
误了晚钟。

4月3日

热烈

汤已经热了，
只等把春天热腾腾地端上桌面，
大家一起举起刀叉，
分享美好的恩爱故事。
你们笑了，
我们笑了，
连四月的阳光都笑了。

4月4日

晨光

鹊巢悬东墒，
尘雾晦天方。
草木皆有露，
滴滴放仙光。

4月5日

邂逅

有些不朽的事情，
不会因为风景而迷惑，
也不会因为距离而凋零。
幽默露出了可爱的虎牙，
偶遇的灵感永恒。

4 月 6 日

长月

忘了曾经的忘记，
喜了现在的喜欢，
月亮最亮的日子，
也没有一点脾气。
甭管流星在哪里，
他总说我在这里。

4 月 7 日

生活意境八：

遗留的痕迹

到新丰中学的旧校址里转了转，其实除了一排老的教师宿舍是我们上学时代留下的，其他都是后来砌的楼了。现在学校迁到大丰去了，就觉得与新丰中学的名字似乎很有点不配。实际上也没啥道理，原来在新丰就是考虑大丰北部的学生，南阳就是考虑南部的学生，现在这样的集中也许是满足了某些地方领导的所谓构想，但是完全不符合教学设施的地缘分布的自然合理性。也难以避免地形成生源竞争与虹吸效应。在校园里转的时候，看到一片破败的景象，实际上这些校舍也砌了没有几年的工夫。政府投资的任意性与随意性从母校的搬迁就可见一斑。名字还是以前的名字，但是学校已经不复是以前的学校了。本来还想继续资助母校那些父母不在的困难学生，不料似乎学校也没有人热心这样的事情。悲哀！

老妈坚守在老宅，所以我就有了继续回村子的理由。村庄里人们的生活也还过得去，但是有些问题还是很让人不安：大规模养鸡养猪形成的排泄物污染让不少河沟完全臭不可闻，似乎没有引起人们的重视；村庄里的老人能活八九十岁的多起来了，但是他

们的晚年生活质量很成问题，老人生活不能自理以后的生活很多惨不忍睹；农闲的程度提高了，但是村庄里面的休闲娱乐除了打麻将几乎就是空白。倒是看到了一座样式还很不错的教堂拔地而起了。

当官还是很吃香的事情，在老家这意味着时时处处可以得到点照顾，找人托关系办事更容易些。在乡邻亲友的文化里，徇私走后门似乎是理所当然的，没有人觉得自己在做腐败的事情，尽管说起别人家徇私走后门就很愤愤然。有的时候，碰到亲友托我找当官的同学办这办那，我是一味地拒绝，只有在他们商量如何为孩子确定专业方向，找个实习单位，或者如何增加见识这样的事情上，我是很愿意帮忙的。过年有一个小朋友一家请我吃饭，谈的是关于如何选择信仰的事情，这也让我多多少少感到一点欣慰与清新。

很多人说接地气，其实地气并不都是让人心旷神怡的。能对土地上的事物感兴趣，耐受得了农村人比较少洗澡而特有的气味，能用得了有些人可能一看就恶心的茅坑，有耐心听他们说的半是不着边际半是附会八卦的家常，对你隐私追根究底地打听，期望你对他们的生活与生意多多少少帮点小忙。我们不需要长久地接受这些，但很多人可能根本不能短暂地接受这些，你怎么可能有地气呢？

坍塌——命运三部曲之一

是什么在清明摇晃，
倾倒的不只是一道门墙，
人们的脚前多了几堆废墟，
雨锈成了铁，
风过的声音不再是歌唱。
有一处花房，
春天时节被奇怪的敌人扫荡。
一些美好的倒塌，
才是另一些美好的开张。

4月8日

征兆——命运三部曲之二

那是，
谁们的血映成的早霞，
那么早，
是为了警戒哪些游牧的族家。
那些似是而非的雷鸣，
不是异乡乐队敲动的酒吧。
有人背负阴霾，
用先知的口气在疯人院里说话。
不是没有缘由，

只是所有的缘由都蒙着面纱。

4 月 9 日

深港——命运三部曲之三

花开了变成很多遗憾，
夜晚躺着很多灿烂执著的傻瓜。
很多爱情互不相关，
它们在同一艘舟船上，
被运往没人告知的远方。
水手们并不畏惧，
他们在每次航程中饮酒厮唱。
人货鸥帆都在变换，
只有结局蹲在暗处从不发话。

4 月 10 日

沙尘

漫漫的漠地，
有无数的兄弟，
但我习惯了孤寂，
只与冷月和烈风对语。
今天我再试一次擎天披靡，
盖了繁华，
盖了绿地，

盖了楚楚动人的你。

4 月 11 日

琏谊

风花为我师，
暖月知君迟。
玉色天竺来，
孜孜透青丝。

4 月 12 日

春日

千园皆花魁，
四面风难追。
青山已飞英，
好眠不用催。

4 月 13 日

乐债

你还记得吗？
我曾偷了你的欢笑，
现在她们就像蓬勃的种子，

在我身体每一处生长呐喊。
所以我把我的心赔上，
顺便把思念还给你做利息。

4 月 14 日

叶子

暖热摆出一副温室效应的面孔，
放肆地走进四月，
直接跳过春宵。
叶子也就这样突然绿了，
低碳得莫名其妙。
有些民意高调地掠过天空，
需要寻找某个体面的安身之角。

4 月 15 日

天文

在海边，
只用一滴水，
就能写一部长长的小说，
那么细腻，
那么透明，
那么纯净。

4 月 16 日

春蔓

桃红舞锦纶，
水翠润欲唇。
漫雨待楚晴，
浅袖藏深春。

4 月 17 日

好雨

走走停停，
云头雨也飘忽不定。
彩虹就在咫尺之前，
就是昨天，
遭遇童话般的心情。

4 月 18 日

杨花

依依惜别绿杨的嫩芽，
邂逅匆匆的樱霞，
漫舞到漠漠的夕阳西下。
越过黄昏，
泥土才是我香魂的本家。

4 月 19 日

生活意境九：

喜欢花莲的味道

台湾来了20多次，花莲第一次来。而且，第一天晚上住在太鲁阁的山月村，才知道原来太鲁阁是台湾原住民的一族之称，而且是赛德克那一族分化出来的，属于原住民中很能打的一族。以前太鲁阁族的武士是打猎为生的，同时也要保卫自己的地盘，争夺自己地盘的人要被自己出草猎头，说起来似乎蛮可怕的。不过看着今天的太鲁阁年轻人的面孔，丝毫不见猎头族先人的悍气。我们住的山月村在国家公园里面，周围都是大山，郑老板是这个休闲度假村的创业者，自称村长。村长对于原住民很在意，所有度假村的员工都是原住民，而且他把员工队伍管理得不错，除了常规公民，

也兼做表演团队，让客人会觉得很温馨。这里吃的东西，简单而蛮有特色。我最喜欢的是村长自己设计制作的各类带有原住民特色的小东西，尤其是可以喝酒的小猪酒杯。我能感到村长真的很喜欢他的事业，也很爱护自己的员工，作为客人也能感受到他细致的关怀。

利用半天的时间去看了纵观东西的八号公路，当初的建设故事可歌可泣。而著名的九号公路就是状况多出的苏花公路。经过这两条路更能感受台湾山脉、地形、造山运动留下的奇特地貌，感受大峡谷的力量与峻伟，让我这样有点恐高的人感到敬畏不已。但那些跨越山岚的帖崖公路、跨涧大桥、古道改道、峡谷乱石，让我想起先辈们开凿的不易，令人感怀。看远见出版的《纹山》一书，正是这种状况的写照。

这次来花莲除了观赏，顺便分享下我对花莲旅游业的看法。总体来说我是看好陆客来台的前景的，但是特别寄语花莲观光业者应当特别注意以下三点：一是注意做好游客定位，重视大陆的年轻人及其对其他群体的动员力，重视创业类与情感类游客群体的重点工作。二是不要轻易批评陆客的问题，多想想如何针对陆客的特点提供针对性服务，比如更好地形成特色景点串联、更有针对性的产品设计与准备、更好地基于本地特色提供更有时尚感与精致性的产品设计与生产。三是更好地用好微博、微信圈的新媒体传播，用好大陆舆论领袖与大 V 的传播力，做好新旅游形象大使与旅游趣味时间的传播。总之，花莲要开风气之先，才能在争取陆客并且争到有利的定位群体方面占据一定的优势。很喜欢花莲的景色，如果把这样的喜欢做好正面循环，那么就可以收 500 人传 800 人，800 人传 1 000 人这样的效应。

孤度

别小看，
这一粒孤种，
他正耐过漫漫长冬，
酿着，
春日的繁花丛丛。

4 月 20 日

春园

翠绿不觉临长安，
漫风正度灞水滩。
洄龙气腾万花廊，
英雄借酒弄春澜。

4 月 21 日

夜宴

椰风读心澜，
泉涌恸春岸。
不问何方酒，
盏盏买君酣。

4 月 22 日

独酌

把酒新街口，
忆情老城头。
隔座尽乡音，
独盏眉不皱。

4 月 23 日

水萍

心情浅浅，
在如镜的水面上画几个圈，
尽管脚尖湿了一点点。
那几只霉虫嗡嗡，
挡不住开心的望眼，
我看见，
枫叶红在了春天。

4 月 24 日

春饮

两钱翠叶养杯中，
一线春水酿乌龙。

难得三月同仙坐，
四面临风闻香浓。

4 月 25 日

花居

粉裘翡铃催白马，
锦衣翠靴踏静沙。
一尘一衣一月季，
烟波迤逦藏卿家。

4 月 26 日

如伊

子弄月，
非云飨，
美庐深，
馆蕴香。
三十六色饕餮堂，
最是碟浅藏余芳。
举箸生辰乡，
尽盏宽窄巷。

4 月 27 日

举父

我从不曾料到父亲的衰老，
面对一种衰竭的现实，
他当日的英气，
仍然是我想象的旗帜，
展开他的笑，
他的光豪。
我没有放弃他的基因，
甚至头脑里，
依然飘扬他的衣冠裙袍，
而我，
就像旧枝上活泼的新苗。

4 月 28 日

楚穹

珞珈施嵋珑，
飞绒舞翠桐。
隐隐春销去，
一梦醉天鸿。

4 月 29 日

色力

绿色，
是一种如此普遍的抽象，
一瞬间，
改变了你我和世界的面相。

4 月 30 日

杨绒

悄悄地睁开眼睛，
悄悄地在叶脉中伸展身形，
悄悄地开始起飞，
悄悄地在春光中飘萦，
悄悄地掠过了水池，
悄悄地凝视少年们的笑睛，
悄悄地接近恋爱的泥尘，
悄悄地与水灵灵的草芒长拥不醒。

5 月 1 日

生活意境十：

人生可以被点燃

我们如果只生活在现实中，那么就既不能激发自己也不能激发他人；我们如果有所想象，但没有见识与阅历，则我们虽然能提出与现实不同的未来目标但是依然不可能去整合大家的共识。因此，我们能否提出激动人心的愿景与异象就是非常重要的。我们的愿景能激动我们自己么？就像一些人的说辞连自己都不能兴奋能激发其他人么？在我看来，自己没有愿景而等待别人的要求，那么叫期望；自己在众多的阅历与见识中能识别出自己乐意从事的事项那么就是爱好；在爱好之中有未来想达成的图景就成为梦想；而在梦想中成为自己定义要做的事情，那就是使命。有使命的人有强大的主观力量去动员与辩驳他们的选择，也成为清晰的能量去吸引与凝聚别人。没有愿景和使命的人，不能带给大家方向与精神的力量，有使命的人连其他有资源的人也有了帮助与赋予支持的方向。

使命指向未来，具有不确知的特点，而且使命的实现要动员其他人参与，需要有更多的未来型新知识与新技能的汇集与分享。新知在

这个时候扮演了挖掘路径，帮助将方向上的目标、阶段细化落地的作用，而新知本身就具有激发好奇心与凝聚更多对新知感兴趣的人群的作用。因此使命激发大家去获得新知，而新知帮助大家去实现使命，在这样的过程中，新的能力、团队与成果就会应运而出。在很大程度上，使命型的领导者与知识型的领导力是相辅相成的，而没有愿景与使命的组织与组织领导往往会转向情绪化与专断化，带给组织更加潜藏的危机。

因此需要为我们看到的资源、产品、人力建立更好的连接，这样的连接使得其他人在得到事物、产品与人物的时候更加舒服与更加有创意感，我们把这样的过程看成一种服务型的设计，在这个设计的过程中我们改变资源的效能与价值。在我们这个时代，硬件在变，软件在变，网络在变，产品在变，模式在变，最重要的是消费者在变，员工在变，变动对于发展来说本来不是坏事，但是对于一成不变或者拘泥于现实的做法来说，却是坏事，因此我们如果站在扩大阅历、磨砺使命、汇集新知、完善设计的角度，实在是可以大有作为的，也是可以让主观时代的使命带给这个社会巨大的不一样与能量的。我们要么去点燃别人，要么被别人点燃。

来去

昨日云翳暗日月，
今朝风花覆红绿。
阴晴从来过眼事，
不将人说当心阙。

5 月 2 日

焕然

久雨开初晴，
紫英栖粉坪。
忽然天意绿，
寸寸透水灵。

5 月 3 日

战者

痛里大笑，
冰中火烧，
用每一次挑战，
让他生机勃勃地迅跑。
立马在丁香四溢的风口，

撩起硝烟未褪的战袍。

5 月 4 日

自然

繁花径伸覆繁星，
彩云漫舞叠彩旌。
风尘自有落脚处，
不屑锦绣伴我行。

5 月 5 日

夜还

千百次的向心，
回家变成一种快乐的迷信。
远方的吸引很短暂，
踏上归途的心神才会宁静。
虽然已是午夜，
一路的街灯，
似乎全是亲切闪眨的眼睛。

5 月 6 日

孩子

送你一片云，

送你一棵草，
换你一丝童真的笑。
让梦有翅膀，
让心像小鸟，
快乐可以跟着风儿飘。

5 月 7 日

同享

五月草莺长，
分秒绿翠忙。
开心四方寄，
八面有清香。

5 月 8 日

豪园

卧凤青塔钢梁细，
腾龙灞水长安旗。
常说弄花只粉黛，
万园西陈放豪气。

5 月 9 日

难通

让微小如星星，
让别人小看天体的真情，
孩子们以为爱会永垂天际，
夜空却只留无奈的眼睛。

5 月 10 日

春光

温暖，
是一种被情爱紧握的感觉。
当把手掌放开，
杨花迷醉着美丽的眼目，
春风化成了舞动的云鹊。

5 月 11 日

隐辉

欲望是黑夜，
爱是灯，
那一丝丝的闪亮会被你收藏，
然后剩下笑容，
隐蔽着远天远地传递的秘密，

传说中的默契。

5 月 12 日

诗味

你相信么，
如果有一首诗，
可以让你念念有词地睡去，
你就会梦见，
诗的味道会像薄荷油一样，
弥漫在你的心间。

5 月 13 日

生活意境十一：

善良比美丽还重要

善良比美丽还重要，因为善良比美丽更持久，更能经历时间的考验，尽管在很多时候那会被当作愚钝。

一些爱以一些牺牲为前提，一些宁静以一些痛为背景，一些结合以一些了结为结局，世界像蜂房也像锯子。走吧，就这样了。

我一直不很接受自己已经老大不小的事实，好像一个小孩子一样地期盼那些一尘不染的故事，或者就像一头愚蠢的猪，傻傻地等着自己梦中的西瓜。就在这样的等待中，让时间悄悄流去。我享受不老气，享受思想敏锐地穿过平庸世界表面的感觉。

田园气息的风景，我是一点抗拒的能力也没有。喜欢略带浑水的池塘，快游的小鱼，伴着不能分辨清的虫叫，即使有点热热的感觉，但是一种心里的清凉就从视野里扑来。土地的孩子，就喜欢泥土的味道。

积累那么多知识、见识、能量何用？当看到更多年轻朋友阳光的笑容，当这些变成抗拒坑人的教育不多的资源，当有人告诉我他们因此而找到了自己的方向与活力，那就是这些资源的价值。

每个人有每个人的命运与结局，每样事物有它自己的去处，不用为他人担忧也不需要执著地去左右其他事物，我们只是这个世界的发现者，我们在自己的事情上可以挣扎与折腾，但是其他人的事情可以提议，但是不要去驾驭，即使我们有这样的名分与权利。

大部分人已经习惯了生活的惯性，无论这惯性是谁确定的，那种惯性甚至以文化的形态左右着我们，让我们在不知不觉中失去了自我。跨文化在这个意义上很有必要，让我们警醒自己，习惯了的习惯其实很可能不那么理所当然。

居然会有人觉得我的博文是写给她们的，而且这么多年坚持这样认为。我一度发现自己很喜欢写与万物对话体的诗歌，但是居然有五六名博友以为那是我写给她们的情诗，即使现在这样的“感慨”写法还是有那么几位自作多情，我总不能啥也不写吧，可见这个世界上很多的阴差阳错是我们不能奈何的，由它去吧。

其实我是个很封闭的人呢，不管遇到啥情况，我总是默默地观察，默默地思考，大家看到我与人沟通的时候，但那是我默默的结果，那是我已经形成了主张与判断，在大部分的时候默默的我才是我。

夜殇

星星的心很凉，
贴着素白的月光，
在寂静平和的晚上，
那些震里初碎的灵魂，
与粉红书叶在摇曳中回响。

5 月 14 日

够吗

够了吗？
浅浅浏览了薰衣草紫色的一眼，
够了吗？
才伸脚尖触及湖心沉醉的飞澜。
怎么会够呢？
初春期待的绒绒绯羽匆来闪去，
怎么会够呢？
你的微笑才漫上我五月的心岚。

5 月 15 日

新黄

五月鹅戏东水塘，
初夏柳黄农人巷。
阡陌不吝尘中绿，
家花正同野花放。

5 月 16 日

碧月

雨净瞳，
风洗空，
星无聊，
草问虫。
举盏宿醉侬，
宿醉侬，
一月如洗，
野鸣无踪。

5 月 17 日

分情

春信递深门，
繁花攀枯藤。

暖阳补盈握，
缕缕舒难人。

5 月 18 日

恍若

唐风衬，
宋时甑，
墉城晚，
驿盏冷，
倩倩钩月照凉门。
醒无晨，
挹无尘，
五月朝雨妩新辰。
咸阳依旧在，
洗马抹长恨。

5 月 19 日

旧照

就这样，
安静地站在风口，
像白杨树一样挺直，
那是他曾经的时光。
照片上的兄弟，

在北国，
是雪中的凤凰。

5 月 20 日

雨巷

轻轻梅花酿，
霏霏柔雨巷。
怀玉不见君，
我自识桂香。

5 月 21 日

漠息

生命，
就像沙漠上的足迹，
轻轻风过，
从此就消匿无息。

5 月 22 日

君重

兄事襟同乌衣巷，
王脉气成龙山岗。

从此东风不避嫌，
八分水柳绕御廊。

5 月 23 日

时铭

楚离楚惑，
冥沃罄乡。
以金以石，
顺时而芒。
遂分遂合，
系风就章。
妙晨妙宵，
意承月阳。
逸如逸趣，
竞得是昌。
唯贞唯守，
其芳恒扬。

5 月 24 日

超然

来了来了，
看水泥森林里自己的青草。
夏日改变了我的相貌，

站在东风口，
傻笑。

5 月 25 日

生活意境十二：

珍惜乡村的营养

非常高兴能与来自乡村的老师再次相会，很多人会讲读书的好处，也会讲到处旅行的好处，那些好处我都很认同，很赞成，大家也知道我经常这样去鼓吹。但是我也要说，任何人生活在任何地方都要珍惜自己周围的知识与机会，而不能简单地舍近就远，轻忽了自己本来就有的低成本资源。尤其是很多来自乡村的孩子，往往视乡村事物为老土，一有机会尽量舍弃，甚至到了后来比城里人还看不起乡村的事物，实在是很可鄙的。

我出生在乡村，是地道的农家子弟。我深切地感受了乡村给自己留下的成长烙印，也感到乡村给自己带来的资产。其中有三样东西尤其需要牢记：一是因为接近自然而拥有的自然资源，乡村有那么多的植物、昆虫、动物、河道与旷野的一切，我常常喜欢夜晚谛听虫儿的欢唱，高低错落有致，远近分明有序，我也喜欢雨天睡觉，感到那种特别的被包围的感觉。我觉得那些自然的知识与资源，可以造就我们，也可以让我们生长出自然的爱好、洞察与联系。二是因为资源的缺乏，所以乡村的人们就靠勤劳生活，这样的经验使得我们自己的耐受力、生产力不同常人，以至于到后来，到我们去其他地方做事情，感觉到自己总是在做轻松的事情，处理事情觉得很轻松有余。三是因为没有很多的好东西，我们喜欢了简朴的生活，也喜欢了在简朴中创造生活。我喜欢用最简单的原料，可以做很多的菜，光茄子大约就可以有 10 多种吃法，我们很多人一直有很好的条件但可能啥也不会干，以至于就会吃一点简单的东西，连点个菜也点不出名堂。所以很多人看不起农民是不对的，因为农村的人很实在，他们的实在就是在这样的环境下被压迫与逼出来的。

所以我鼓励乡村的家长与老师不只要孩子学习一点课本上的知识，而要珍惜乡村的这些天然的资源，这样我们才会拥有生动杰出的人才。其实贫困家庭里面的孩子就可能有两种，一种是因为贫困而害怕贫困，为了所谓出息后来不择手段，一种是因为要摆脱贫困而学习了不错的方法论与知识，加上他们的专注与勤劳，所以他们做得比同龄人更到位。我感觉到，有乡村营养而且珍惜乡村营养的孩子，更可能成为后者，而鄙视乡村营养的孩子更有可能成为前者。因为这样的缘故，我是特别期望乡村的营养受到重视的。我自己出自农家，以作为农家子弟而自豪，我也希望更多的农家子弟真正得农家的营养，再加城里的造就变得更加出类拔萃。

异园

花盛园闹灞水浅，
雀跃林葱高塔艳。
春浓不只颜色好，
黄沙尽处正碧天。

5 月 26 日

宋尚

春印照壁媚眼睐，
云蒸香包青茶臭。
一墓藏得宋时盛，
满朝冠冕争簪戴。

5 月 27 日

玄仪

玫瑰帐前系绣铃，
冰霜阵中舞伶仃。
璇玉之膝叩清安，
凤驭祥风绕巢鸣。

5 月 28 日

从容

四海不问家，
五洲放我暇。
长梦有落处，
黎明迎新霞。

5 月 29 日

玻璃

隔离着，
能看见楼高鸽翩。
看得见，
但触不到月面花前。
在眼与手之间，
那一层看不见的幕帘。

5 月 30 日

辜负

进夏风嚣嚣，
临池花娇娇。
诗情不识趣，

欲吟影杳杳。

5 月 31 日

童乐

等待是一种美丽，
是一种修养，
解放到来，
我等到了棒棒糖，
我放它在口，
于是，
快乐就有了热量。

6 月 1 日

月骑

马并高岳嵩，
心放孤寒宫。
星矢流若雨，
紫穹映白鬃。

6 月 2 日

下凡

在尘间，
挣脱出岩石得缝隙。
透明的体面，
在绿色的叶面栖息。
留着快乐的秘密，
也留着星辰火烧的痕迹。

6 月 3 日

謇赏

泥荡千里通浚闸，
黄纱八梳储金衩。
此疆曾是不需防，
谁造百千好人家?

6 月 4 日

独湛

展开我的海，
容下我的蓝。
涌起我的波，
拍打我的岸。

划过我的桨，
泊进我的湾。

6 月 5 日

长成

秀网羞羞张，
春燕施施翔。
举盏照新壁，
玎玲成一行。

6 月 6 日

生活意境十三：

成名的意义

我算小半个名人，尽管我大多数时候自己甚至觉得自己不算是，但有朋友这样说。至少对我来说，有点名气不错，因为我从小生活在平民家庭的缘故，那个时候很少有露脸的机会，现在有点名气，让我的虚荣心得到小小满足。我遇到的年轻朋友中，有一些是很想成名的，觉得做名人有一切的好处；也有很不想成名的，觉得成名是一件麻烦无穷的事情，所以拒绝参与那些需要抛头露脸的事情。在人的一生中，你很难成为一个完全无名的人，在你的亲友、同事、同行、同乡、社区邻居、博友、信友和网友中，你可能因为某件事情或者某种语言或者某个故事而成为有一定知名度的人；但是，你也可能遇到更多的人不认识你，不知道你的内涵与外延，觉得你就是一个默默无闻的人。我记得有一位曲艺演员，在飞机头等舱里对一个空姐发火：你居然不知道我？其实，我在现场，当时感到尴尬的根本不应该是空姐，而应该是那个演员。

有名气是好事情，因为在现在的竞争社会中，如果你有点名气，可以让你在众多人中比较容易被人们识别，也因此得到资源竞争甚至优先度上的某些好处，甚至人们愿意给你某些特别的机会与条件，你可能比其他人占有发展的优势。也正因为如此，成名对某些人来说成为有吸引力的事情。我们大可不必遵循农业社会留下的低调原则，觉得抛头露脸有问题，坦率地说，如果你不去争取露脸或者刻意不争一下高低，今天就可能成为边缘人物。当然，成名需要遵循成名的规则，这个社会需要加强的是让更多人有正当成名的机会，而不是透过潜规则成名。因此，我在参与《职来职往》、《爱拼才会赢》、《赢在中国》这些节目的时候，在参与我们飞马连营与黑苹果四季会活动的时候，我对于那些积极争取机会，积极锻炼自己抓住表现机会的朋友，由衷的欣赏。

当然有名气也负有更大的责任。很多出点名的人发现自己的不自由是增加的，比如去有些不合适的场所与做有不良嫌疑的事情就容易被别人关注，社会期待有名的人能在更多好事情上起带头作用，有名的人被假定更多方面是要做得更好的，有名更可能被要求带头去关注公众关注的很多问题，在帮助别人上更要模范带头。所以如果我们只把名气当成小我的收益，最后发生的问题也许比名气还大；而如果我们在收获名气的好处时，积极承当一个名人的责任，则会发现我们可以形成在社会认可之上的更多收益。

月老

不用捎带，
不用打包，
千山万水中我是忠实旅伴，
从日落到破晓。
不论暖雨，
不论冷风，
春夏秋冬里我从不爽约，
从冰川到海潮。

6 月 7 日

风月

重重的莺歌海，
披撒着浓密的黑发，
小小的月亮，
倒映出多愁的清裟。
风的大手抚过海面，
粼粼波起，
弄碎了她寂寥甚久的初夏。

6 月 8 日

独饮

春羞八寸映琼瑛，
梨花深处藏鹂嘤。
弯月难得落孤樽，
不邀佳人邀清影。

6 月 9 日

淡憬

渭水毓华览千蜃，
秦汉盛唐余墓尘。
去来多少动地事，
如鸿漂轶不惊心。

6 月 10 日

天香

青海映碧月，
葵华仪朱雀。
仙其方燃尽，
芬芳漫天阙。

6 月 11 日

旅景

生命是一种奇妙的旅行，
她总把美景回报给最艰辛的人们。
在我们辛勤的探索中，
忽然柳暗，
忽然花明。

6 月 12 日

严风

楚风软，
赣颜俏，
樱花谢，
月季闹。
春妖夏媚秋多娆，
东莺西鹊南来鷓。
雪落绵山北，
凋凋天地俏！

6 月 13 日

月魍

海泛着大眼睛，
发着干爽的声音，
沙沙，
沙沙。
夜翼飞进天幕，
拨动月儿的心弦，
哗哗，
哗哗。
刺猬突然出动，
背起香甜的希望，
嗒嗒，
嗒嗒。

6 月 14 日

海锦

温暖，
缓缓地变成了苏绣。
花沿，
就像展开的迷彩。
右转，
正是海水热烈的派对。

6 月 15 日

池徉

养一池阳光，
水暖出另一番风光，
如鱼儿们一般赤赤精光，
就着天光，
悠磨时光。

6月16日

冷怼

言，
如闲，
离尘起，
凌云而悬，
玄风不追之，
封于冰雪之岩，
以夏炎读之无解，
恍瞰世相流艳不变。

6月17日

金沙

青襄面，
沙沉涟，
金翅乌，
蜀公剑。
纤纤琉璃水，
脉脉三千年。
草木不见当时醉，
苍骨依稀西北缱。
漫风远，
香木眠。

6 月 18 日

生活意境十四：

性的道德距离

最近包括春水堂、大象套套、马佳佳都让我们开始用不一样的方式去看待他们所做的营销、沟通与传播，大家不是从意识形态上去评论，而主要从网络文化与新媒体营销技术的角度去看待，这样

就降低了这些现象的敏感性，但这些现象引人注目也与性话题的道德模式有关。同样是为了买套套，60后到了套套店门口说我下车转转；70后进了店问有止咳糖浆么，然后拿了止咳糖浆，再拿了套套，问一起多少钱；80后直接找套套在哪里，找到了套套指着说，那个多少钱；90后一进店就大声问，你们套套在哪，有啥新的好玩的套套么？其中的区别是啥，除了文化的解释，关键是直接的程度，在有些人看来越年轻的人脸皮越厚，在另外一些人看来越老的越装。是的，60后男人想来点临时的性爱，他们会说成艳遇；70后男人会说成泡妞；80后会说成一夜情；90后说，不就是约炮么。

保持足够的间接性、含蓄性，通过制造暗示的气氛与环境达成性交往的目的，在前代的两性文化中被认为是浪漫，在古代甚至就

被直接认为是爱情，如果你在上床之前先做了诗，再谈了琴，然后喝了酒，借酒还忧国忧民了，这个时候的性爱可以被当成言情小说来写。比较那个时候的婚姻，直到掀开红盖头才知道新娘的样子然后直奔主题，显然前者更有情趣。问题是那个时候一切都慢啊，农业社会一切都是等到植物缓慢生长，衣服也长年没有色样的更新，集市里面的新鲜花样基本上也是年复一年，所以猴急在那样的场景下基本上是没文化的表现，即使在很私密情况下的情色春宫基本上是被看成另外一种问题而保留在极其狭窄的空间里的。由于道德文化的岸然性，大部分的人视直接、赤裸的行为为道德问题。

谈天谈地谈风月，情爱中的男女尽量装成雅士淑女，这样的谨慎的距离观一直是被赞颂的。在多大程度上，男人可以目光炯炯地直视女人，可以语气炙热地说，我觉得你真的让我很兴奋，你就是再兴奋，这样的表现可能吓到人家了，尤其是在文化中陶冶大的女孩子；在多大程度上，女人可以双颊潮红地注视男人，可以坦荡地说做我的男人吧，你可能觉得这下碰上坏女人了。除了情感投入，在性交往上即使我们知道了一点兜兜绕绕的情感暗示，很多人是不懂调情、逗趣、情爱互动的，由于缺乏直接的性趣知识，男女两性从神秘好奇到索然寡味之间的距离就真的大大缩短了。这里说到了性文化的冲突，而且我也要说的是，这只是文化差异，不代表简单的道德素质高低。

文学艺术、风俗习惯为保持距离的性交往准备了大量的题材，这也让很多人作为一种社会知识在阅读、八卦、亲子互动、媒体影响中成为学习的资料。在距离较短的性交往中难道没有文化么？有的，这就是以往的情色小说《金瓶梅》、《痴婆子传》、《三言二拍》中大量描述的，经常以“以下省略×××字”的方式让大家以意淫的方式去想象的，在境外的“成人电影与成人文学”和情趣产业中得到开发的部分。在间接含蓄才代表道德的时代，这样的直接部分被禁止、限制、管制、浓缩、象征、暗喻与省略了，而其中的文化也被边缘化与地下化了，以至于很多人在正常的婚姻里面也缺少这样的知识与寻求知识的勇气，甚至你能想象，成了夫妻还有一方把对方在性爱中寻求情趣的行为看成下流动作呢。

新一代性生活的直接并不一定全为人们所欣赏，但它让更多的人去思考、面对在直接的性交往领域中可能有的丰富内涵，从打情骂俏到情趣娱乐。当然，以往因为制造距离而创造的含蓄暗喻和环境气氛也有其自然的价值，也许两者的结合才让两性之间既不那么简单赤裸，又不那么只懂风情不懂弄情。

宵近

有曦仪粉穹，
宵色著月胴。
长日终近也，
无雨也见虹。

6 月 19 日

情债

你还记得吗？
我曾偷了你的欢笑，
现在她们就像蓬勃的种子，
在我身体每一处生长呐喊。
所以我把我的心赔上，
顺便把思念还给你做利息。

6 月 20 日

淡然

有一天我们会如尘而去，
而我们曾经的风景依然会风生水起，
所以让性情的性情着，

让沧桑的沧桑吧，
因为大海没有失望，
高山不会叹息。

6 月 21 日

夜收

雨初停，
风疏藤，
茶冷帐深，
绿院小枯灯。
昨夜急闪随梦骋，
伞无形，
水离桁。

6 月 22 日

夏花

泗水漓风湎炯花，
剔石砺岩磨柔沙。
锦绣铁血修春颜，
七月烈火焚裙钗。

6 月 23 日

天洗

银河弄目舞天桨，
琼脂魅味渗厨香。
好雨落透雷尽头，
一身清爽访月乡。

6 月 24 日

夜渔

在一张绵软舒张的网里，
徒劳地触摸海的深度，
直到美人鱼的歌声，
惊破脆弱的月幕，
生锈了的踌躇。

6 月 25 日

天旅

配一朵南方的云，
去北国穿越，
直到气淡风清的时节，
降落在星月同辉的水域。

6 月 26 日

梅雨

长袖裹星雨，
轻纱遮绿趣。
拨云见月来，
含梅抚银曲。

6 月 27 日

镀日

把或明或暗的日子串起，
成了我胸前的挂链，
伴着日月的变换，
印证大爱和小爱的寓言。

6 月 28 日

夏爽

七月漫红墙，
素云出梅疆。
紫花坛下行，
凭栏问何香。

6 月 29 日

水衍

那雨珠串起的项链，
不会摇碎的梦帘，
把旧宵轻轻的踏浪声，
记挂在明月的胸前。
于是很远很远的呼唤，
就成了很近很近的心念。

6 月 30 日

生活意境十五：

奥斯威辛的几重体验

到波兰，最惦记的就是去奥斯威辛。所以飞到华沙后就设定好了去奥斯威辛的路线，大早就直奔那里而去。去的路虽然不是高速，也还通畅，路两侧的杉林与田野，让人能感到这里的气候与自然条件相当不错。一路上我们特地停下来走访了一个不是那么摩登的小镇，查看了很有波兰特色的红砖教堂，还沿路在一家很小的餐厅吃了午餐——炖猪排与煮牛排，猪排做得更入味点，凸显出波兰养猪大国的优势。同时各种煮包菜，算是波兰菜的风味特色了。普通这样的就餐，一个人五六十元人民币就下来了。

来到目的地是大约下午三点，这个时间点遗址博物馆向零散游客免费开放。来的游客数量不少，亚洲游客中韩国游客尤其多。奥斯威辛集中营遗址的外观没有我原先想象的阴森恐怖，倒是看起来更像联排别墅，德国人的建造工艺质量直到今天也依然看得出来。集中营遗址里面的一排排原来关押者居住的房子，现在开发成了不同细分主题的博物馆，可以看到当初受害者的背景、劳动场景、恶劣的生活条件、受害者物证、残害与处死关押者的场所。令人印象深刻的不只是德国纳粹高效的机器般的杀人安排方式，而且那些受害残害证物资料的保全程度，让那个时代的罪行一目了然、无可推诿。在这样的地方就忍不住想象，任何鲜活的生命当年在这里，会是怎样一种绝望与无助。奥斯威辛集中营遗址的外面还保留着当初德国人建造的铁路路轨，当初这里不只是屠杀犹太人、战俘与波兰知识分子的集中地，还是多类别产品的加工制造地，很多的关押者正是被作为廉价劳工来使用的。

从这样压抑的地方出来，我们驱车前往附近的波兰第四大城克拉科夫，这是波兰的古都，也是主要的工业城市。傍晚时分进入老城，穿越那些略微带有沧桑色彩的老建筑，老城中心华威古堡依然散发着迷人的光辉，再次让我们见识了波兰红砖建筑的独特魅力。古堡高耸的塔尖、巧手雕琢的枪楼、次第上升的步道，在清爽的弯月衬映下，显得威严而清秀。而古堡之下，维斯瓦河静静地流淌，更格外地把一群天鹅的游弋衬托得别致，这时也正有一只带着现代气息高高悬牵着的热气球升起在维斯瓦河畔。正因为有这样的感受对称，奥斯威辛的沉重才会有所调剂。古堡旁边还有一些美食餐馆，可以让人体会波兰肉菜的力道，在你享用的时候，还可以听到屋外大量乌鸦发出晚栖未定的聒噪。

摆渡

踏上渡船，
踏上一次未知，
踏上别人合同承诺的传递。
用几分钟的等待，
在另一条岸边，
印上无人辨认的足迹。

7 月 1 日

锋尽

真的战士，
就是这样，
冲锋陷阵在疆场。
直到最后牺牲，
折尽锋芒，
葬在坟岗。

7 月 2 日

越过

我从窗户外看到世界，

有些阳光，
有些灰尘。
我从日常中体会人生，
有些意外，
有些惊喜。
有一天，
我会跃入到那条悠久的大河，
有些刺激，
有些失望。

7 月 3 日

锻炼

找一颗星星做据点，
这头连上太阳，
那头连上青年。
这边输去能量，
那边就是烈焰的考验。

7 月 4 日

初恋

第一眼里陌生的长发，
飘啊飘，
飘过了少年的浓发和花季。

水柳下未名的笑影，
摇啊摇，
摇到大洋的水漫过了望眼。
从此，
苔藓覆满嘴唇，
我的心荒草深深。

7 月 5 日

翼迷

天使的翅膀很透明，
俗人的眼睛看不清。
迫降的水面没选定，
探不明水文和风情。
一叶羽毛掉落的吻，
折了七月芦苇的青。

7 月 6 日

夏花

碧天云流飞凤凰，
高腔和唱动锦裳。
青萍当令气色好，
泛舟江湖唱花香。

7 月 7 日

自问

我是谁，
我在流动中扪胸自问：
我是牵牛的草，
是落花的城，
云雀的坠羽，
或者一抹孤霞的黄昏。

我是谁，
我睁眼在失梦的夜更：
我是萤虫的吻，
是流水的痕，
是古铜的炊烟，
或者天际线幽雅的横亘。

我是谁，
我踯躅在陌路的纵深：
我是月照的氤氲，
是悬风的藤，
是流星的独行，
或者大漠的隐秘的关门。

7月8日

洞穿

交情枯坐在大海的反面，
用叹息和昨天对话。
看来，
远去的一切都有戈壁的影子，
荒凉就是美丽的本色。

7 月 9 日

心浓

轻风传情月捎暇，
花儿悠游画彩霞。
温柔明知乡何处，
雪落时节云还家。

7 月 10 日

游巷

宽窄同盛香，
比肩忘短长。
昨日夏花艳，
正好蝶恋廊。

7 月 11 日

点点

一点灰，
一点痛，
一点风声带感动。
一点晚，
一点懂，
一点夏雨含朦胧。
一点清，
一点空，
一点海沙裹娇宠。

7 月 12 日

生活意境十六：

好在历史没有如果

如果我出生那年我妈妈坚持做引产手术，那么我现在连个名字与辈分都没有，更别说这个那个的做事情，我想很多孩子就是这样消失了，也许他们与这个世界的缘分就如此，而且也只能如此。

如果我童年时候的那一次发高烧，在雨夜没能敲开郎中家的门，或者简单地说，我的父母放弃了坚持雨夜送我去郎中家，那么也许我的小魂悠悠，不知何处。那些早年夭折的孩子啊，不是有很多就是那样在父母的丧子之痛中远去的么。

如果那次我自己与小伙伴偷偷去游泳，然后在河中间不小心的沉没再没能浮起，我还记得脚踩河床底使劲用劲然后浮出水面的刹那，但是我的六哥袁球、四哥的女儿、杰哥的大儿子不就都在四岁的时候这样被河水吞没了年幼的生命，成了家族一个心痛的记忆了啊。

如果那一年，在北京工作的春夏之交，也许那些蜂拥的人群不会挤扁人，那些不能保证谁会在流弹中被误伤，甚至连走的名目都会不明不白，虽然假定不需要成本，但是热心也可以害死人，资历老一些的同事就是那么跟我说的。

如果1999年愚人节夜晚遭遇的抢劫所受的刀伤再深半厘米，那么我也许会在腹腔或者胸腔被捅破的窒息与流血中告别这个世界，但是就是那半厘米让我还能支持着面对冷漠的街人、警察与大夫，还能坚持到朋友拿着钱来，被推进手术室，输血。实际上那个时候你才会意识到生命如此脆弱，周围的每个人都可以选择拉你一把，或者让你死去。

如果2005年的那次去内蒙古的道路事故，再向前50米，我开的车就会跌入山沟，大家可能看过很多车辆跌下山沟的情形，多少次想起那个情形还会觉得后怕，但就是差50米，那个夜晚遇到帮助的人，找到了拉车的车，那变成了一个惊险的夜晚，也只是一个惊险的夜晚。

如果那次坐的是马航而非新航，同一天，半小时的差别，在坐车进北京的路上，就看到微博上马航失联的讨论，有时候最危险的事情就离我们那么一点点。每一次如果成真，个人的历史就再不是这样，每个人的结论还可以完全不一样。因为这些，如果我们是宅在家里一动不动，还是面对不确定性而培养从容淡定的应对能力。不同人有不同的所以，正如不同人有不同的如果。

敲门

有很多的门，
门后面庭院深深。
但有一扇的背后，
掩映着熟悉的哀哭和欢声。
我，
用现在的一缕清风，
去敲响，
老宅的黎明时分。

7 月 13 日

捏转

踏过门口陡峭的峰尖，
我听见风的语言，
就在沙暴起卧的瞬间，
我将双手伸回黎明的昨天。

7 月 14 日

破镜

静水偶偶踏苇瞑，

童山私私惊鸟醒，
人有蔼蔼亲望眼，
纱船默默举帆明。

7 月 15 日

天气

把江的呼吸，
一半织成诗，
剩下的一半，
装在夏夜的孔明灯中，
放飞。

7 月 16 日

绿尚

有一种绵延不需要方向，
有一种色彩最渴望久长。
碧绿，
是我昨天的诱惑，
也是我今日的向往。

7 月 17 日

立场

我，
拒绝在梦里行走。
脚，
踏着大地，
从不发抖。

7 月 18 日

颐夜

佳鹂动名楼，
笙歌覆旖畴。
宵月船头照，
不问何方侯。

7 月 19 日

临湖

煌煌月如恍，
寂寂舟无桨。
水深歌薄也，
玉带锁波望。

7 月 20 日

等待

水等候云聚，
月盼望星稀。
汉子的血性，
无奈地，
数着樱叶的谢去。

7 月 21 日

潮笑

无月的夜晚无防，
轻雨已过，
山岗已荒，
紫薇花在喷香。

7 月 22 日

月之

飞，
飞扬之城我如尘；
尘，
尘舞之中我是风；

风，
风演之极我为炀；
炀，
炀化之巅我照岳。

7 月 23 日

白黑

白天给我了白色的眼白，
黑夜给了我黑色的瞳仁。
黑白是这个星球的两面，
我在黑白两道之中穿行。
把黑白转换当做是呼吸，
黑和白白和黑各送一程。

7 月 24 日

生活意境十七：

烧菜一郎

我在博客上发表的菜谱，有朋友可能有怀疑是不是可靠，我要郑重说明，它均为本人做过多次并被多人认可的好吃的菜。

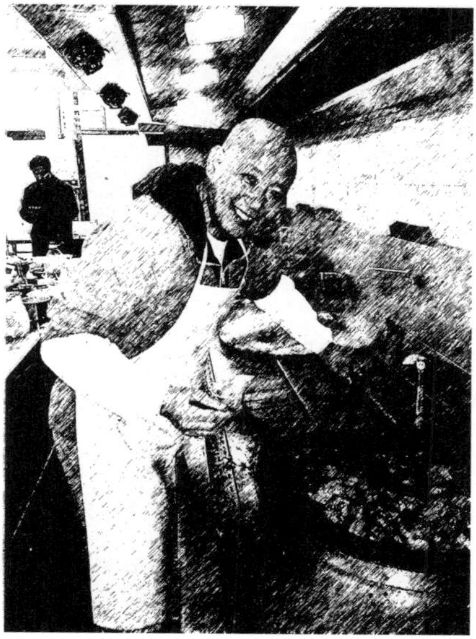

做菜是一种有趣的排列组合，重点在于要有对不同原料组合的勇气和兴趣，并把它付之于尝试行动。去逛菜市场的时候，如果有人一定要按以前做过的菜买几样，也应努力尝试至少一种新的配比组合，也许不一定好吃，但必定可以体会到一些特殊的风味，一般来说每尝试3—4种新组合，至少可以发现一种是好吃的新菜。每人口味不同，也许你选择的好吃菜和我的也不同。我每年动锅烧菜的时候不多，大约8—10次，但每次必尝试几种新的，也有一些一贯的保留菜目，比如家常鲜鱼。

自然，不是所有人对烧菜有兴趣，这往往是与家教有很大的关系。我的父亲和好几个哥哥都讲究美食，三哥的业余烧菜水平比我吃过的大多数名厨要棒，所以从小我帮他们切菜、烧火，被熏陶到一点点。同时，我觉得这个兴趣也是可以培养的，如果家庭生活

中大家能注意培养孩子一点创新菜谱的情趣和欣赏习惯似乎也是不坏的。

我们自己的口味大约7—8岁定型，13—15岁再有一次重塑，以后我们一辈子认为好吃的东西就以此定论。比如我认为世界上最好吃的东西就是大闸蟹（那个时候我认为苏修反动是因为他们主张共产主义是“土豆烧牛肉”，而我希望的共产主义是“各尽所能，按需吃清蒸大闸蟹”），那是江苏人从小家中以闸蟹为好东西的缘故，一如山西人之对于面食和四川人之对于腊肉。因此，如果我们家里人给孩子从小多一点做菜的熏陶，也许他们对洋快餐就不会如此这般热衷。当然，随着个人视野的扩大，也不见得要固守一方的口味传统，把旅行出差留学当中体会到的种种菜肴，和原来的口味进行一些交叉也能组合出新的发明来。1980年代我的老家江苏就吃红烧小龙虾，但没有麻辣做法，而我就读研究生的重庆有麻辣吃法而无小龙虾，1990年我第一次在北京请朋友吃把两种做法混合的麻辣小龙虾，到1992—1993年就请刚刚创办公司时候的同事大盆吃了，斯时北京还在一只只龙虾放在炭火上烤呢，直到1997—1998年北京才有盛行吃麻辣小龙虾的风气呢。2002年访美，住一美国老太家，老太太有一种特殊的处理蛋黄的方式，令煮着吃的鸡蛋特别别致，我也学来再加变异，也常受一些食客欢迎。

做菜的世界是一个奇异的空间呢！

应时

深谷里落满了水，
激情在急雨中休闲。
火锅热腾腾了，
欲望的白菜凉凉地搁一边。
放下筷子，
幸运如月正好钻出了云帘。

7 月 25 日

破梦

苟以黄粱充栋梁，
必使魍魉替铿锵。
一梦追破阴阳界，
夜哭飞列堆坟墚。

7 月 26 日

多维

纷纭，
是一种纠缠，
也是一种力量，

是一种忐忑，
也是一种向往。
用人生交叉的线头，
织出彩缎绵延的锦裳。

7 月 27 日

月宿

月登阁自璀，
慕容花羞罪。
长安贵妃远，
无美夜亦醉。

7 月 28 日

非分

玻璃那侧就是爱，
想得到，
伸手来。
玻璃隔着这层爱，
看得到，
拿不开。

7 月 29 日

同沙

天赐晶莹倒映天，
鹭弄碧绿羞瀛面。
孤曲无休缭轻道，
一杆长钩钓深涧。

7 月 30 日

静园

沉塘钓静漪，
清雨摇果藜，
风尘满夹道，
偷得半日憩。

7 月 31 日

极景

极冰，
透明，
一尘不染，
天性。
海豹，
沉睡，

一丝不苟，
化境。
活人，
琢磨，
一如既往，
生命。

8 月 1 日

热噢

蒸一个世界，
熟一个梦想。
请在这落地，
热腾腾地运动着，
把快乐的香味漫向四方。

8 月 2 日

秀色

我的理想是长成绿色，
连鼻毛都像美妙的芦笙。
让猪肉皮担当八卦海报，
所有的瘦排都正在立正。
爱呐喊着变得脆黄，
将用文火去拥抱山寨人。

8 月 3 日

天泓

我顶骄阳君怀雨，
花偷余荫岩想旅。
南国雷动京华梦，
飞水粒粒化秀鱼。

8 月 4 日

对面

孩子
都是神宠的天使，
是星星的夜湖，
是花花的草海，
是千万甜思美想的峰巅。
但请就爱你对面那个孩子，
张开你的怀，
给他一个免于惊恐的空间。

8 月 5 日

生活意境十八：

理解94岁的人生

不知道有多少人能理解一个大家庭的创立者对于维护大家庭的责任感，老妈就把自己看成大家庭的核心，大家的行为做法还有行事的规则，如果多考虑大家庭的，她就欣赏，否则她就不待见。比如，在兄弟姐妹有纠纷的时候，她显然器重有大局观，能委曲求全的，不欣赏斤斤计较小我本位的；她欣赏有好处尽量与大家分享的，不欣赏自顾自生活的；她欣赏在自己有资源的时候照顾其他兄弟姐妹的，不欣赏自扫门前雪的。但是近百口的家庭不大可能十个手指一般长，因此要使她平时很满意也不容易。老宅是另外一

个她觉得属于大家庭公共空间的地方，这是她生活了 70 多年的地方，是她希望自己说了算的地方，尽管这里的生活条件让我们子女与小辈觉得不方便，但她有她的坚持，所以我们需要对她尊重。

老妈是劳苦了一辈子的人，对于劳苦不只是习惯了，而且成为她的价值美德的中心，她欣赏与否的标准，也成为她要求别人的标准。她至今要坚持自己劳动，每次子女回家她还要有那种给予我们能力的感觉。当我听她给我讲自己撑着拐杖还浇了 21 桶粪的时候，她自己的脸上满是一种骄傲。她保留着自己的生活习惯，不允许我们在这里安装空调、抽水马桶、浴室、沙发及其他家用电器，她不允许我们在这样的事情上分辩。但另外一方面她有很仔细地保障自己生活自理的清洁，不希望给其他人留下感觉上的不舒服。她希望保持对于别人的热情，与此同时又有自己不轻易改变的执著。我的老妈就是这样，她的不同寻常在于她的强势，让我们做子女的有时候感到纠结的地方也正在于她的强势。

老妈在灯光下细细地给每个孙子孙女及有可能的访客的孩子包红包。一边包一边给我细细念叨每个小辈对他的礼数。用老妈自己的话来说，她穿不了啥，也吃不了啥，小辈拿来东西，她的第一反应是告诉他们啥也不要，甚至就是我们，买任何东西回来首先要遭她一顿批评。但是我发现，她其实对于小辈们的礼数记得很清楚，这个是心意问题，你给了她东西，她一定记得回礼给你。真的有哪个小辈没带东西来，她也一样记得。虽然她常说她不再管大家的事情，但是你主动给她说事情，或者主动愿意报告自己情况的，她就因为受到尊敬而格外看待你。不是所有的小辈都懂这样的道理，所以若不是自己很有心，往往一个小辈也可能惹她不开心。

墨偈

深深执一，
如夜不辩，
飘凝如盲，
浮世所贬。
明艳傍据，
光毫以衬，
千古长屈，
始泉终田。

8月6日

台风

自渊海生，
席淘浪矗，
舞长天幔，
奋沙石怖。
疾疾雨暴，
烈烈气度。
倾覆相折，
颠簸何顾。
鼎鼎以卷，
密密无属。

8月7日

秋风

八风自长舞，
纵横扫诸浦。
老神依旧在，
凭栏眺朱溢。

8 月 8 日

玻璃

坐于八月的阳光，
一边是热量，
一边是冷气房。
南方的台风吹到东方，
一边是思想，
一边是彷徨。

8 月 9 日

化境

花荷袖，
芳沉舟，
月登阁，

卿临洲。
鹊踏空廊，
一帘青柳舞君愁。
繁星扣，
璧风漏。
石比丽人瘦，
苇邻天香楼。

8 月 10 日

莲心

荷举八月照水清，
花漂咫尺离篷萦。
绿衣脉脉粉白度，
长以苦心递甜情。

8 月 11 日

夜饮

此去朱国远，
无意织天弦。
提壶邀秋月，
不醉不弃拳。

8 月 12 日

怀柔

清风扫峻崖，
雾气罩朱沙。
铁石平常事，
戚戚寻秋芽。

8 月 13 日

田园

深情不怯花巷深，
横箫犹系陌水横。
八月桃林临熟笑，
翩然真多摘果人。

8 月 14 日

意外

看起来很远，
看起来很棒。
那也是夏末，
却亮出我的舌苔，
或者空空荡荡。

8 月 15 日

惊动

急急风，
沉沉动，
烈烈闪，
激激崩。
阵阵厉声隆，
疾疾飞雷轰。
锵锵翦，
窒窒恸，
沧沧水，
湟湟澎。

8 月 16 日

溪息

凤溪漂清涧，
彩芝浮云帘。
唐桥经千秋。
骑风识人烟。

8 月 17 日

生活意境十九：

游客与渔夫

一个德国人50年前的故事用来作为我们ASPEN领导力访问学者印度研讨会的开幕故事：一个游人看一个老渔夫懒洋洋地打点鱼就休息了，就鼓励他多努力打鱼，这样他可以有更多的收获，建立更好的打鱼设施。渔夫问，那又怎么样呢？游人回答，那样你就可以周游世界，像我一样可以到处看看，比如看到你这样的异国渔夫在海边打鱼。渔夫说，可是我不用像你那样就已经在这里看到了啊。

这个故事放在一个全球化领导力项目这里意味着什么？在我看来，幸福的定义本来就是不一样的，即使全球化了大家可以用不一样的角度定义自己的生活，而且世界本来就不必有一个标准，你希望得到的不一样是我期望得到的，我们各自尊重好了，就像不丹人的幸福未必是中国人的幸福，甚至有的时候让你承受中国人的不幸福也不愿意去接受不丹人的幸福呢。就像今天不少人移民他国了，还是觉得那里好山好水好无聊，而在中国好脏好乱好有劲呢。当然，这个故事也告诉我们，全球化了我们会遇到各种各样的信息冲击，游人会到我们的家门，我们去到人家的门口，这样我们之间就有了对话与沟通，也许我们之间依然有不一样，但是我们之间可能就有了更多的相互影响。这就是文化发生作用的模式，影响多了，也许我们对一些问题原来的看法就发生了。也许那个渔夫过去从来没那么想过，但是既然有人再三这样提示他，也许他开始有不一样的思路，又或者他还坚持原来那样的思路，但是也许其他渔夫在其他人的影响下开始转变了，那么他还是那么一成不变，也许日子就不像原来那么好过了。

当然，游客的观念体现了一种流行的成功观与奋斗观，也许另外一个有其他爱好与价值观的人可能有不一样的主张，如果你是一个和尚你可能把太多的争取与得到看成是苦的来源，而一个只主张表达内心感受的艺术家把世俗的成就看成了丧失纯粹的原因。所以，这个故事也告诉我们，在这个世界上，不管全球化成什么样，多样性也许是社会生态最强有力的存在。即使我们有巨大的成功，也许到最后那天，我们才发现生不带来死不带去的身外之物，并没有带给我们更多的内心安宁，而那些内心安宁与自我追求也许不必经由流行的成功道路也可以达到，这样我们就知道世界上不只有那些所谓的奋斗与成功观念，作为唯一的真理与主导模式，尽管那的确吸引了更多人的注意力。

夜乐

顶着星罩的夜幕，
融入静的山腹。
直到一线呼吸，
与遍野的虫蠹心汇鸣宿。

8 月 18 日

浅色

青柳披，
陌上衣。
灯笼照，
西厢篱。
千千梳得小心思，
悄抹粉黛悄看戏。
果然不经意，
天雷闹，
清风细。

8 月 19 日

穿帘

燕泥筑槐桁，
蛛丝结书城。
陨星破珠帘，
页页鸣金声。

8 月 20 日

晚村

同样幽明的灯，
归拢鸡鸭的唤声，
锅碗瓢勺的碰蹭，
袅袅的炊烟轻轻地升，
只是，
倚门的不是我的慈亲，
相听的也是别家的风笙。

8 月 21 日

荷珠

雨儿滑下荷叶，
轻轻地回她的水乡。
波纹，

用一袭纱柔的帐幕，
立时裹去了她珠润的脸儿。

8 月 22 日

楚动

霞，
淬心丹如霞；
沙，
揉想细似沙；
花，
磋情灿比花。

8 月 23 日

渊苑

斟，
宿酒，
笑未休，
透透舞袖，
心间藏个秋。
晨看昨宵雨漏，
别样风花一椽羞。
虫鸟相对唱留，
月照鱼人惆，

楚楚文柳。
清烟囚，
丝想，
绣。

8 月 24 日

尘爱

能敲响门的那颗尘埃，
匍匐在静谧的野外。
虽然从来没有谁关心过，
没有眼的你，
却也可以找到，
另一颗细小的情爱。

8 月 25 日

轻烟

缥缈的，
成了安慰，
在它们散去之前，
有人已经结了一个梦。

8 月 26 日

阁楼

在闹市，
我高居于烦恼和快乐之上，
多少生意经如壁虎游墙。
没必要知道雨的根底，
我看惯了，
这样上上下下的飞短流长。
所谓的亭台楼阁，
无非一切如常。

8 月 27 日

从前

盘古用彩色的铁条，
筑成坚固的梦。
女娲就在冰凉的膝上，
无聊地玩弄着，
毛茸茸的风。

8 月 28 日

雨心

憔风储霜钉，

醉星抚夜懔。
最怨秋中雨，
寸寸传凉信。

8 月 29 日

生活意境二十：

老爸的菜谱

我的老爸81岁时去世，距今已经11年了。今天当我回想起他的时候，有三样东西总在我的脑海里浮现：他的经久不泯的笑容、他一辈子看连环画的形象和对于美食的孜孜不倦。其中这美食嗜好不仅使我的几乎所有的哥哥都有一手烧菜的家教，同时也使我从小认为，人生很重要的价值就是吃得爽。虽然我的老妈对烧菜兴趣不大，但她对老爸的好吃是赤胆忠心地支持。我现在回想起来，那个时候家里的大半社会关系经常是被用来去买紧俏的猪肉、冰糖、海鲜、河鲜等配给供应的食物，当然所有好吃的东西我老爸心安理得地占头一份。我还记得每次他出差回来都会给我们津津乐道他吃的好东西，而对我们出门赴宴吃饭回来，他绝对一定不烦其厌地问我们所吃东西的详细细节。

我老爸的拿手好菜很多，我这里把记得的说上十个八个给

大家：

1. 白汤腰片。把猪腰剖开，将里面的筋丝剔净，然后切成花形。过一道热水马上拿起来把水倒了，然后再烧开水把佐料放好把腰片放入，猛火烧开，汤呈白色时起锅。

2. 面拖蟹。把活的大闸蟹一切为二，用淀粉糊糊封上切口，起好佐料油锅，把大闸蟹放入排好，煮至熟起锅。

3. 猪手白汤。把猪脚用松香沾掉毛毛，先热水煮5分钟，然后倒水，另起白水锅将猪脚放入烧一个半小时到两个小时，呈完全白汤。将佐料与酱料另做蘸水，吃时将炖烂的猪脚蘸佐料进食。

4. 红烧蚌肉。我们家宅旁沟里河蚌很多，所以河蚌多是自己抓的，河蚌用挑猪草刀切开，拿出蚌肉，切成粗条状，可与少量猪瘦肉一起，先起油锅炒后放佐料和水，烧炖一个小时可用。

5. 猪肺汤。猪肺需用清水灌到全部发白，需用两根引流管，一管进水，一管出水，循环大约一小时可毕。然后将猪肺切成小块，与冬瓜或山药同炖，其汤纯白鲜美。

6. 红烧羊肉。将鲜羊肉切成块，红烧一小时后放入劲道的山芋粉丝，再烧15分钟，加入黑胡椒面和土香菜若干，以制腥腻。

7. 乌鱼汤。将黑鱼剖净切成块，起油锅炒后放佐料并水，大火烧煮成白汤，再放入芋头或山药成菜。

8. 水晶甲鱼。将甲鱼宰后用热水泡净，去其外衣，整条放入佐料后炖烧半小时，再加冰糖若干，小火炖烧两小时，甲鱼渐成透明状。

9. 韭棱鲜鳝。将活鳝放入灰中，然后用干布将沾灰的黄鳝勒抹，去其黏液。再整条放入沸水，则鳝肉自掉。将半熟鳝丝与韭菜棱大火快炒成菜。

10. 清炖鸡鸭。将老母鸡或老母鸭杀后，放于锅中清水炖之，炖烂后用佐料蘸水食。有意思的是我知道鸭子宰杀需先灌酒，不然它肌肉收缩后毛就拔不下来，而鸡则没有这个问题。

我老爸有一个非常重要的特点就是看菜组菜，有啥原料就能拼做出啥菜，并无一定之规。当然也有一些看家菜，且往往是出差见到了好东西，买回家慢慢琢磨怎么吃。记得有一次弄了一只大乌龟回家，尝试做了一下，不太好吃，他以后就放弃吃这玩意了。也吃过麻雀，似也不太可口，因此也不曾继续。这种随手组菜的能力传承得最棒的是我三哥，大约以他水平可能高出我老爸3—4段吧。我呢，自我评估是略低于我老爸的段位。我深深地感念我的老爸，是他让我懂得透过美食，透过自己的调配手艺体会世界之好。

西行

山近知声闹，
水漫旧粉憔。
醉马踱西关，
笑话落廊道。

8 月 30 日

读生

被风翻过，
被手翻过，
被偶然翻过，
你停在我生命的第几页？
看到了句号，
但我们又被翻回序言。
没有完全相同的文字，
没有完全相同的意思，
没有完全相同的命，
很旧的书页，
可以被读出翠绿的清新。
我们就是一本书，
而已。

8 月 31 日

时蟹

九月初开香未迟，
鼊毛始发青满池。
蟹黄秋色两不老，
养眼慰口麦收时。

9 月 1 日

天质

你用钻石的剑，
刺破我的瞳孔。
但你不能挡住，
我用稻草秸秆般的枯指，
触摸到的良心的威风。
像岩峻立，
似铁锻红。

9 月 2 日

识性

碾，
碾碎，

细细碾，
碾得粉碎，
碾出原子和分子式的残骸，
碾出那前世今生的本相。
于是，
海还是海但再不是海，
石还是石但再不是石，
人还是人但再不是人。

9月3日

美姻

棉花糖出走，
要投奔钢铁的家。
有人嘲笑这理想，
嘲笑地球上多了一桩笑话。
棉花糖眯着眼：
只要开心不生锈，
再奇异的爱也不会放假。

9月4日

青蟹

秋随洋流倦，
沙裹东风软。

从来清福浅，
一红配千拳。

9月5日

瑶境

清粼云壑照童天，
玉带烽峥飘紫烟。
王家水色绕秋凉，
晶烨长明萦孤仙。

9月6日

恬宕

沧，
任天恸，
起舞动南宫，
清水拂连湿玲珑。
坐爱金风湛，
扫卿踪，
慵。

9月7日

塘色

小小一池塘，
款款柳成行。
浅浅水照去，
清清着绿裳。

9 月 8 日

深晨

昨夜的梨梦还没有凋谢，
昨夜的华舞依然留着香。
晨风啊晨风，
请越过我的床梁，
因为，
我的愿还没有醒，
我的心还不能唱。

9 月 9 日

风水

风问：你不动声色在想啥？
水答：心浅，啥也没想。
风说：骗人，明明看你皱眉了。

水回：还不是刚才被你吹的。
风叹：你为啥什么都不想呢？
水笑：因为你我都一目了然。

9 月 10 日

生活意境二十一：

江湖知识的构成

在浙江大学与求是强鹰班的同学说江湖知识，因为这对于真正的强鹰来说是一件重要的事情。江湖在我看来是指社会，它代表了与校园与官场有很大差异的比较丰富能动的多元空间。今天我强调的江湖要素由三个方面构成：1. 江湖的边界——与行政的在地性、家庭的亲密性、校园的固定性比较，江湖广大而遥远，在江湖上要求人们有历练、走得远，半径与我们的江湖见识成正比；2. 江湖的角色——与我们熟人社会中的角色分配相比较，江湖上的角色更多来源于陌生人中的机缘互动及在这个基础上形成的关系，我们的成就与地位和认识陌生人的多少成正比；3. 江湖的规则——江湖有优胜劣汰的残酷规则，为了增加我们的成功性，需要加强我们的组织性，在组织条件下我们的抗风险能力会强大很多，也会因此而有更强的生产力。

对于我们很多年轻人来说，有啥忠告给大家呢？1. 如果可能，你到离家较远的地方去读书找工作；2. 大胆地与陌生人交往，只要你没有太贪的欲念，陌生人并不比熟人更会加害你；3. 不要觉得认识陌生人有多难，关键是要能反复地坚持，并且借好的借口认识别人，也就是脸皮要厚一些；4. 多为别人考虑一些，这样你就有更大的可能为他们考虑；5. 可能的话去参与做点活动，在活动中认识人的效率更高，也更自然；6. 在一群人中争取担当一点大家期待的责任；7. 不要那么害怕担事情，很多时候挺身而出的人更为大家注意，当然因为挺身而出你也有更多的压力去把事情做好；8. 从自然人变成法人的一个重要点就是学会理解人、把握人并且善于在倾听众人意见的基础上拿主意。

江湖很开放，因此学习江湖的知识不难；今天的江湖更丰富、动态，知识能量也更强。我们的大学生与年轻人，大凡在江湖上有一些先得之见，对于自己学习与融会贯通校园知识更有帮助，也能让我们对系统知识的重要性更明白。因此，江湖不拒绝校园，而我们所期待与需要的是一个与江湖相同的校园，是可以走出去拉进来的校园。但是我们不能光期待体制，我们年轻人需要有个体的解决方案与决断，在这个基础上自助而后得人助，其实社会还是爱惜那些有想法有做法想有作为的青年才俊的，因此只要对江湖采取积极的姿态，江湖也必会以积极的方式回应大家，这就是一个残酷的江湖，也是一个良善的江湖，最后是一个互动丰富的江湖。

荼珑

青天白日太阳墟，
银沙碧浪旧红圩。
当年圣龛佑万民，
只余荒阶衬新椆。

9 月 11 日

月漠

风雨默默，
习惯了云起云落。
正如初一十五的月，
阴着，
晴着，
圆着，
缺着，
可什么也不会说。

9 月 12 日

独立

你见我的秋浪，

我见你的红裳，
这一袭水分，
曾装扮我的鞍囊。
我就是御着追风的云，
也跨不过你的院墙。

9 月 13 日

蒲种

一山一水一潇迢，
一生一世一漂遥。
谁会是谁的香花贝宝？
谁可以对谁灿烂一笑？

9 月 14 日

峰厦

上，
更上，
终于一起到了云端上。
在天方，
我们失去了对话的语言，
只余风声，
日谭和夜谭已成了幻想。

9 月 15 日

保全

不要将我摘离，
那样我将失去绿色的原乡，
我将枯黄，
无光，
殇。
不要将我掘出，
那样我会断开凝结的矿场，
我将沦落，
颓废，
荒。
不要将我汲取，
那样我就隔绝了奔流的泉浆，
我将涸竭，
蒸腾，
炀。

9 月 16 日

夜光

彤红地，
在我杯中，
酿化了多少甜蜜的葡萄种，

换来一小条，
烛色里的彩虹，
你的呢哝。

9 月 17 日

回梦

秋棠带雨飞花鸢，
越音裹袖沉梦缀。
轻抒一方桃花帕，
半露娇媚半露倦。

9 月 18 日

居累

漏夜傍朱灯，
推窗察风声。
曾是花无眠，
梦里对秋针。

9 月 19 日

雀踏

梳弄着风水，

我装下杭州湾的两日晴。
一双孩子的手，
分开梦境的帘帷，
看见，
几只创意的麻雀，
在无人的小树上婷婷。

9 月 20 日

贺生

寒之凝玉，
碧而同云。
破晓出嫣，
卓尔至绚。

9 月 21 日

晨光

清晨，
有一丝灿烂的朝阳，
已经早早透进窗帘，
匍匐在窗台，
等待迟眠的我，
醒来。

9 月 22 日

生活意境二十二：

男人下半身的逻辑

在有些文学作品或者现实生活经历中，某些女人经常责备男人总是用下半身思考，而很多男人其实也不否认他们是用下半身作为一个核心的思考维度。但这件事情可能不见得要从道德高度来加以审视，而只是男女性别之间思考问题的顺序之差，如果出于爱而不需要性，这样的爱毕竟还是例外的，男女两性的思考之别并非是不是用下半身，而在于是否先用下半身。在我看来，真正的爱是为了对方愿意调整顺序而不觉得委屈，也就是男性虽有下半身思考的优先度而努力调整为先用上半身交往，而女性则不能明确接受直接的下半身交往但在某些条件下也可以表现得善解人意，这需要彼此的委屈，但在这委屈中显示了爱。

人们对于下半身的兴趣，本在自然之列，甚至见异思迁也有一定的自然合理性，如果人们对于特定对象持续的忠诚下半身关系而表现出坚持不懈的兴趣与热情，甚至迸发出赞美诗式的颂扬与执著，那么这样的性就可以成为真正的性爱了。在我看来，一夜情、艳遇等乐子，可能给某些人带来趣味，而对于人们将趣味变为持续锁定的忠诚，真的是需要加以奖赏的，发自内心的性爱专注尤其需要来自双方的选择，是一件很美好的事情。

美丽、帅气、强悍、贤淑，这些在异性之间都会产生吸引力。但我要说的是，女性真正能够征服男性的不是强悍与精明，而是单纯与体贴，甚至于让男人产生保护欲，这种感觉当然不会使女性受到伤害，而且还不允许女性受到其他人的伤害；男性对女性的信赖与亲密，让女性达到母爱般的关爱与骄纵。在我看来，这样的两种情绪与情感模式，让双方不只高度罩定对方，而且把被罩定当成自己幸福的标准。在这样的模式里，下半身不仅不是问题，而且成了幸福、特权与嘉许的标志。

所以下半身可以不是两性之间的问题，而怎么表达与应用下半身逻辑才是问题，如果把这样的问题当成课题，那么相爱中的男女两性可以把顺序的调整当成技巧来学习，可以把对方的专注与忠诚当成表扬与欣赏的内容，激发对方的保护感与关爱感。如此，爱也可以在下半身中得到放大，得到巩固，得到赞美，得到祝福。

男人的下半身真的没有那么卑鄙，尽管有的时候它们真的做了卑鄙的事情，但是它们依然可以说是有爱的、可爱的。

秋悠

九月头，
无人愁，
千山叠，
细水流，
养个新花照旧楼。
风雨藏起了，
只任蚯蜉游，
仗着美色有个秋，
沧桑处，
纤纤秀。

9 月 23 日

夜谭

震羽落枝梢，
披袍迎客笑。
今夜朕无事，
只与卿家聊。

9 月 24 日

轮回

旧辰焕然新，
香烛终有烬。
风花未红透，
秋声已然近。

9 月 25 日

秋香

明月勾陈香，
秋风存桂酿。
君是朝夕露，
一滴一梦乡。

9 月 26 日

挚契

深雾迷迷笼卿地，
长缨依依覆令旗。
弱骨已将铁血暖，
寒霜不沾壮士衣。

9 月 27 日

粗凉

厚云，
拘不住锐翅的折冲。
立定，
让行者稍息。
身处十度之秋，
如沐初冬。

9 月 28 日

梦博

我论网络经，
君当梦语聆。
是时秋虫默，
月白风尚清。

9 月 29 日

橙蜜

风雨被隔在外面，
甜蜜被一瓣瓣藏起。
心事很少，
在秋的云淡风轻里，

我更没有叹息。

9 月 30 日

自由

奔放的情感不需要路线，
正如风生水起并没有指示。
不用担心生命的季节，
正如眼泪或欢笑并无交通规则。
自由的心灵到处是家园，
从云上三米，
到地下三尺。

10 月 1 日

遗失

我又丢了一颗西服扣，
它就在某个地方待着，
它曾经是我西服的伴侣。
我们丢了多少东西呢？
手机、钱包、钥匙，
还有朋友、业务和爱，
它们今天或者已经锈蚀，
或者埋在深渊，
或者在高处放光。

其实，
就算我们丢了世界呢，
世界还不是一如既往？

10 月 2 日

月是

蚁步其微，
折而蹇行，
亲聚其误，
太息无聆。
哲人其美，
高登独倾，
乐而不彰，
月堕同磬。

10 月 3 日

创业

从没有中崛起，
把风气凝结成花容。
为创造者欢呼吧，
那是一个时代真正的峥嵘。

10 月 4 日

生活意境二十三：

买菜的乐趣

我喜欢做菜，也喜欢买菜，每每到了一个城市，也喜欢逛这个城市的菜市场，很多城市商业街的专卖店和其他城市牌子都差不多，甚至东西的价钱也差不多。而看菜市场里卖的东西的差别，看这里什么东西卖得好，多少可以看到一个地方的民情。

菜场一般有蔬菜、肉市、鲜活禽类、水产、豆制品、蛋类、干货、水发货、熟食佐料、杂货、水果等分区。而我最爱去的则是水产和蔬菜两区，以前还爱去活禽、熟食、肉类区，现在就越来越少了。水产区一般还再分河鲜和海鲜。在广州，海鲜区更大，而长三角城市河鲜的成分大得多，津京地区则养殖的河鲜加渤海一带出产的海鲜，加在一起规模也有限且冻货和水发货会多一些。

在广州和四川、重庆一带，菜市场特别大，菜的类型多，也更加鲜嫩。这和北方的菜市的反差特别大。选一般时鲜菜，新上市的季节菜要贵一些，不过随着温棚种植技术的推广，珍奇时令菜越来越少了。现在菜市场的水果区也越来越大了，可选的水果也非常多，有国外的，有台湾地区的，同一种水果从低档到高档，价钱也差得不是一星半点。

上菜场很重要的乐趣是讨价还价吧，大凡买菜，哪怕是一毛钱一斤的东西，你可以还价，就应该还价。这个讨价还价我也不是非常习惯，往往还得很温和，据说人家看买菜的是个男的，出价就会略高，再加还价温和，利润这就大多了，所以居家男人们该好好向女人们学习了，而为了省钱，建设节约型家庭，女性也应向男性不吝赐教。

菜市场是个大社会，前几天看曾荫权与太太去菜市，有作秀的成分，也倒有部分真实。各式人都要来此讨价还价，所以各位博友不妨有事没事，多帮家里买菜，也多在这个宝贵的大课堂里学习。

陌路

陌生的岛陌生的湖，
陌生的水花陌生的芦，
陌生的鱼陌生的鹭，
陌生的船儿陌生的渡，
陌生的岸陌生的土，
陌生的林色陌生的路。

10 月 5 日

夜游

漏夜凭池游，
仰水览星斗。
南来不观叶，
问月也知秋。

10 月 6 日

彦遇

化我之重，
赋君悠闲。
施我之袖，

舞君珠冕。
呈我之蓝，
耀君初颜。
廓我之疆，
作君花帘。

10 月 7 日

结结

寻觅，
为的是一个结。
寻不见，
就存着一个结；
寻见了，
则破一个结再结一个结。
生死在于寻觅，
生命就是一个结。

10 月 8 日

酒香

冷的日子很长很长，
但一点点暖种，
就能把整个冬照亮。
在够寒的风里，

这杯酒，
就能递给你够劲的芬芳。

10 月 9 日

南宁

晨曦透风映白鹭，
青瑟满怀寻芳筑。
南国秋深仍淡然，
万千功名抵一芦。

10 月 10 日

星夜

眼前展开，
我童年就熟悉的天图，
宁静的流星，
将清晰的犬吠带进银河。
这时，
黑暗有一种特别的厚道。
她让漫天星辰，
明彩奕奕，
铮亮如戈。

10 月 11 日

醉秋

楚烟低，
珠语柔。
西风薄，
秋寒透。
借狂三宵酒，
醉绣高。
雁过楼，
敷红蔻。
画楣旧，
蚀新惆。

10月12日

漫驰

铁横长安御门钉，
花谢高岗草棋营。
我驭战马踏海碎，
浪醒蹄花裹潮缨。

10月13日

坏楚

寒水潺潺泊秋濯，
东风怯怯顾西坡。
满庐清月经不起，
红叶勉力染霜铎。

10 月 14 日

枉望

满天繁星让人向往，
可大地，
做不了哪怕一颗星的降落场。
太阳光暖洋洋地披在身上，
你却不能用眼睛张望。
停止做梦吧，
天河要是真流入地河，
天堂就成了荒堂。

10 月 15 日

天棠

闭上一帘旧黄粱，
迎来一秋新干爽。

用一触的深情，
酿一冬的怀想。
开一线天窗，
灌一屋春光。

10 月 16 日

生活意境二十四：

饕餮无罪

说到饕餮往往让人想到“朱门酒肉臭，路有冻死骨”的诗篇，指责人是饕餮之徒是很容易让人想到恶霸地主的，所以对于有些爱斗地主的人来说这算是一个很方便取用的依据。最近看到某媒体上一篇专栏文章，是专门攻击饕餮的，当然有《圣经》七宗罪中饕餮在首的依据，还有吻合社会仇富心理的对富人攻击一番的现成做法。这篇文章的调子算很老的，专栏作家一天不写就有点手痒痒所以勉强写点什么的痕迹在这篇文章里表现得很浓。既然我是主张好吃的人，所以对这文章就要议论一番。首先我觉得饕餮为古人所非，那是在一个特别时代的产物，物质紧缺的时代饕餮当然是大罪，那个时候的奴隶主都可能吃得没有我们今天一个普通白领请朋友在“沸腾鱼乡”或者“藏乐坊”吃得好，在那个时候居然饕餮那就是置多少人生死于不顾啊，自然可以当得大罪，但如今的消费社会，不好好吃点喝点，那能驱动消费不？再说了，现在不是改革开放前十年，有钱人饕餮的还真不多，他们现在可讲究吃有机的野菜叶、紫薯，最多再加点深海鱼类，少吃多锻炼，中午吃好点晚上吃少点才是更多怕死的富人的吃法。

今天，有人真饕餮我也不觉得有罪，有害倒是真的，滥喝滥吃导致的毛病可比一时的口腹之欲的满足多多了，但作为人来说，偶尔的饕餮又有什么好非议的呢？人总是要走得过一点，才能意识到规矩的好处，天天活在规矩里面，恐怕连跳楼的心都有。如果一定要说有罪过，我个人觉得以下三种情况可算在其内：一是点多吃少，暴殄天物；二是不劳而获，年纪轻轻啃老，还要吃香的喝辣的，就算你是富二代你老爸不说你也够可耻；三是自己海吃海喝，下面的人连个工钱也拿不到，或者宁愿关了工厂只管自己去饕餮。饕餮可以算食物里面的奢侈，如果你不在上面三者之内，来路正当，自食其力，偶尔为之，我觉得大可算人生美事。不得者羡，得之者幸，实在算不得什么毛病。

当然过分的饕餮应该是愚蠢的，正如任何的过分都不智一样。而愚蠢的原因，无非是无知而已，人在吃上结交对路的朋友、合适的圈子，尝试惬意的口味、倾听适当的知识，那么就知道更好的选择、更适合的分寸、更适宜的场合与更适量的吸取，这样饕餮发生的可能性就大大降低了。而这样的变化是靠我们自己成为吃上讲究的人、会与人适当沟通吃的学问、能与人分享有魅力的美食信息联系在一起的，而不是靠骂娘指责而能取得效果。

山秋

朱潋无意照初霞，
炊色袅袅显人家。
满目青涩刚隐约，
十月枯红穷嵫崖。

10 月 17 日

闭园

秋叶摇起十月黄，
珠华缀满水衣裳。
遥想前年尚一梦，
灞上正收锦绣场。

10 月 18 日

才色

春秋共情廊，
鹰莺比翼翔。
春晖湖色浅，
书扉风物长。

10 月 19 日

浮萍

不知何所来？
怎知如何收？
且和千百个涟漪随波逐流。
曾经许多浪，
该藏多少羞？

10 月 20 日

乐殇

弦尽韵悄伤，
广陵散含恨铿锵，
铁琵琶粉面刀光，
果然是魏英雄无头吟唱。

10 月 21 日

秋塘

漪涟含笑馥镜碎，
疏柳摇弄花雀对。
我以熟莲许清波，
不遇长风不轻垂。

10 月 22 日

天事

路过这世界，
有风有霜有露水，
故事，
也在这里发生。

10 月 23 日

升华

从此没有礁石，
只见激越喷放的浪花。
从此没有尘灰，
只见婉转迷人的蔷葭。
从此没有灯彩，
只见妆晨披夕的云霞。

10 月 24 日

晨晖

清晨，
我喜爱阳光铺满前方的路，
碾不碎，

心已醉。

10 月 25 日

西山

重阳十月照枫彤，
灵山初冷凋朱红。
曾闻登顶定长安，
不飞青云已化龙。

10 月 26 日

冬馨

牧丹楼共牧丹香，
清溪水量清溪长。
昨夜九寨自入梦，
一天星宿罩明廊。

10 月 27 日

酒香

冷的日子很长很长，
但一点点暖种，
就能把整个冬照亮。

在够寒的风里，
这杯酒，
就能递给你够劲的芬芳。

10 月 28 日

生活意境二十五：

用心，晒太阳

在地球的另外一面，这里有太阳，整天，空气宁静，感觉温馨，记起昨天刚刚寄走的胡琴，有了闭眼打盹的心情。

不要让我听说风暴，或者远方的打仗，这个世界上有的是烦人的事情，操心不是我的强项，我总能放下，仿佛得了与我年龄不相称的健忘症，除了远去的童年，还有年迈的母亲。

你们在地上走，我在天上飞。那更贴近我的故乡，因为从来我的思想不在尘壤，在没有人倡导的时候我就有自由自在的梦想，不会忍受强制的桎梏，无论是刀枪，还是口粮。

有一天我会衰老到走不动么？那我已经活过了很多日子的舒畅，随性、热血、追求、抛弃、挑战、闯荡、呐喊甚至冥想，轻易地遗忘了那些在我生命里远去的鸡鸣狗盗、蚊虫蝇苍。

就像我认真的初恋、再恋、又恋，我享受浪漫也享受欲望，我喜爱超越也喜爱庸俗，我追求理想也可以妥协商量，有鸡血也会吐血，表现个性也可以委屈地惆怅。在阳光下漫步，毫无意识地伴随自己的身影长长长长。

就是贫瘠的他乡，我可以在摇荡的公车里面迷糊，将一条土路与满车的烟雾抛在我的白日梦外，把自己的思想放在童年爸爸煮弄的猪腰汤锅里，浓浓、白白、香香。但这里真的洋气，有一切可以炫耀的高大上，但我没有一点贪恋，只是这阳光的醇净，与我童年时候的一样。

享受用心地晒太阳，摊开自己的身体，让暖暖的感觉浸透自己的肚肠，很快地紫外线穿透了脑细胞，身体融进了无数的热量，据说这个时候就可以有很多的钙，补进我的骨头与身上，虽然看不见，但是觉得很坦荡。

如果我很投入，我就可以是先知。我当然比一座城更准确地预测何时有麦浪，我也可以在风口里预报明天的风向，只要你留点心，你就可以比大部分的人聪明开朗。

但这个时候，我宁愿自己迷糊着，任胡蜂与蜜蜂围唱，随便蝴蝶与“洋山泊”的悠闲驰翔，于是被自然催眠，进入一种传说的物我两忘。我只让蓝天充满视野，让白云停留异想，放松，无妨。

意义

有一天我会离开这世界，
重新回归静静的尘烟。
那一天后我们不再相见，
我渐成一缕你们偶尔的思念。

10 月 29 日

再见

我有港湾，
我有潮汐，
我有海滩曾经的漫步。
白色漫上心间，
无关的粉红请让路，
多余就是多余，
即使那多情再自作千百度。

10 月 30 日

迷雾

密密的，
你以为闯入她飘柔的怀抱，

其实那只是她冷漠的围绕。
于是，
你热切的微笑，
湮没在她无动于衷的微笑。

10 月 31 日

绝尘

一抔土，
一袭风，
一抹黄沙竞尘空。
一离叶，
一枝彤，
一旋秋声弄蹩蜂。
一回眸，
一望重，
一枕深梦藏绣珑。

11 月 1 日

颠簸

太行风短弄古琴，
吴江秋深流楚霖。
十里长滩空余月，
不照乱石照乱心。

11 月 2 日

落叶

我从漫天
飘零到树根的周围，
在慢慢的枯干中，
做回酿春的脚肥。

11 月 3 日

枫约

我用杏黄和赤红，
宣告我的稍息，
不久的时刻，
冰雪将会覆盖我沉睡的一切。
当所有想象枯竭，
我们才会在碧绿里相见。

11 月 4 日

大野

长岭花飞阙，
深崖歌醉绝。
这边风最硬，

无骨能蔽月。

11 月 5 日

贻学

曲径亭藏剪半塘，
黄叶枝乱衬草长。
少年闭门无深浅，
春秋早晚宅懒床。

11 月 6 日

伤城

云幔厚薄近乡闾，
天涯来去常噫嘘。
一城相念十八载，
从此抹尽故事去。

11 月 7 日

自励

我自己是自己的理发师，
斯文地照亮自己。
在万千人中浮现，

并不靠一点点彩色的底子。
历来光头本无传奇，
我只在人海一角低调喘气。
从孩童多发之时起，
我就藏有一面勤奋的镜子。

11 月 8 日

晨雨

仿佛萌芽在深夜，
天亮时长成了大水草。
密密地围裹着房子，
敲打一种稠密的码号。
雨，
这个精灵，
在灰湿的天景下，
微小着微笑。

11 月 9 日

生活意境二十六：

要想不面多吃杂面

我不是很喜欢吃面，很重要的原因是不太消化，如果我今天吃了面包、馒头、花卷，我就有极大的可能肚子难受。我还记得我曾经在河北徐水县锻炼的时候，老吃驴肉火烧和杂合面，都能吃拉肚子，以至于县里给我们四个锻炼的同事专门一月调 200 斤米来吃。虽然没有专门诊断，不过听有人说，似乎有一些人就是不能多吃面食，似乎消化液里就是少一种消化面食的酶。不过，奇怪的是如果我吃馄饨、方便面和小笼汤包却又问题不大，不知道是怎么回事呢。

其实我们小时候吃的米也不多，我记得吃得最多的是玉米粥饭与元麦的粥饭，偶然也吃混米的饭，米饭是非常难得作为比较特别的待遇在节假日吃的，还有年底的时候蒸的年糕也是米的，其实那个时候小麦面食也很少吃，只有偶然节日或者来客才做馄饨，妈妈也偶然做汤面，那都是当小吃吃的呢。虽然都吃得稀少，但是在我的心目中米的位置一直是高于面的，究其原因，部分的是由于江苏的文化就有号称鱼米之乡的崇米文化的熏陶，部分的是我们家地位最高的老爸能够独自享受长期吃米饭的待遇的影响，部分的是因为知道本地当官人家是普遍吃米的缘故。一直到了 1980 年代初那个时候，我们上大学的米面票还是有限制的，到 1988 年工作的时候，我们在北京工作的南方人还常在单位与领导争吃米的待遇，或者私下与北方同事调换米面票。今天，米面食品的选择已经没有了限制，口味中也是米面杂处，国内外旅行更是吃得米面都快分不清了，但是精神层面还是觉得自己属于吃米的人。

我生长在江苏，在北方工作算来也快20年了。想当初自己瘦挑挑的到北京，今天出来就已经有八分北方壮汉的样子，这其中有一份北方面食的功劳。我发现有个词很有意思，就是把那黏糊、说不清事、下不了决心、婆婆妈妈的人称为面人，意思大概是以湿面那种疲软而提不起来的形象比喻他们的不干脆与不果决，如果我们说一个男人很面的话，那实际上还是蛮贬义的。说实在的，真是吃面食长大或者哪个地方吃面食多人面的还真是不多，而吃米长大的孩子面的就多一点。随着今天吃米不成问题之后，男孩子中间的面人快比比皆是了——重要的表现就是：遇到选择说“随便”，遇到问题说“我也不知道”，遇到决策说“你们说吧”，遇到挫折哭鼻子，遇到冲突闪一边。看来我们米文化的泛化也不全是好事啊，我瞎想啊，也许是食品里面的辩证法在发挥作用呢——要想不面，就要多吃杂面。

跨越

晨辞寒冰夕向雨，
我抱岁末同伊去。
亲亲不暖南国云，
北天已乱漫天絮。

11 月 10 日

秋天

是收获的一种具象，
是高调的典藏，
是丰满的诉说，
是奔忙，
是欣喜的膏脂，
是馨香。

11 月 11 日

秋泊

瘦瘦落叶，
正像一首首昨天流行的歌。
所有的种子，

曾飘在天空，
现在终于看到柠黄的结局。
笑话很冷，
传染来的咳嗽突然停泊。

11 月 12 日

赤品

西山红了，
如约的红，
不自那痴痴的花，
是最素的叶。

11 月 13 日

尘人

卑微到卑微不能伤害，
豪放到豪放也一同流浪，
我是泥尘的故人。
污秽在宽厚里消化，
鲜花在胴体上开放，
我是泥尘的故人。
我在云上忽然明白，
恐高不是病，
那只是眷恋泥尘的故乡。

11 月 14 日

穿雪

此城雨雪倾，
彼处风花泠，
纵有千嶂寒，
不阻我翅行。

11 月 15 日

初恋

第一眼里陌生的长发，
飘啊飘，
飘过了少年的浓发和花季。
水柳下未名的笑影，
摇啊摇，
摇到大洋的水漫过了望眼。
从此，
苔藓覆满嘴唇，
我的心荒草深深。

11 月 16 日

沉讯

雪来雪去得飞快，
羽毛在昨天的警讯上飘戴。
骆驼心事重重地翻过漠脊，
踏过宿命的鸡毛信，
把火急火燎在茫茫中掩埋。

11 月 17 日

无眠

数着羊，
想把自己驱赶进梦场。
无助的眼，
张望着山梁般的黑暗。
时辰，
漏下，
漏向不尽的深渊。
期待鼾声，
却听到风声。

11 月 18 日

邂逅

默默的学会了与夜半调情，
墨墨的在看不见中炯炯有神。
漠漠的心装满了平静的风声，
陌陌的礼物让一双手无牵无拎。

11 月 19 日

笑印

一张张笑脸闪过书面，
温暖而明净，
打开一扇扇清亮的窗户，
传递蓝天的晴讯，
跑进孩子们好多快乐的脚印，
印在更加柔软的心灵。

11 月 20 日

夜阑

月，
在我暖暖的被窝和心思外，
孤悬。

寂冷，
无言。

11 月21 日

生活意境二十七：

有麻辣才有劲

就着我的原生口味，我喜欢生鲜的鱼虾蟹贝，活的，清蒸或者白炖；就着营养的理性，我接受蔬菜与豆腐，清炒甚至白灼；就着下饭的需要，我喜欢吃红烧的鱼或者肉，加雪菜或者笋干也很好，可能是因为从小在苏北长大，口味其实蛮重的，否则饭也吃不香，吃不多。但是如果讲真正吃到很爽，就非麻辣不可了。

我第一次接触麻辣还是上大学的时候，四川来的王世梁同学带来的四川麻辣酱，以前从来没有吃过，所以经常一起抢着拌饭吃，可以不用其他菜，很像现在很多建筑工地上的民工朋友那样的吃法。但真正体会啥叫麻辣味道，是 1985 年到重庆读研究生的时候，那时无论是学校食堂里面的菜还是餐厅里吃到的菜，麻辣都是当家的味道。比如重庆的回锅肉，那真是相当的麻辣。即使是白炖的蹄花与排骨，也调了喷香的麻辣蘸水，蘸着吃。不过，最有劲的还是重庆麻辣老灶火锅，浓红的辣汤、厚厚的一层花椒与牛油一起浮在上面，火锅滚烫着，各类菜放进去一会就能吃，但所有的菜都如此麻辣，热辣结合，吃进去很难受，火烫，但总是禁不住吃第二口。吃完一顿就总是禁不住吃第二顿。刚去重庆的时候对花椒的味道还觉得很难适应，但是现在，花椒已经是我很多菜为增添味道的重要佐料。吃重庆的麻辣菜，一定还要配上猜拳与热气腾腾的场景，吃的人少都没意思，尤其是想念以前一顿一人 18 块钱任吃的时代，真是神仙的日子。今天虽然麻辣菜已经普及到全国，其实在其他地方，在那些装饰很棒的川菜馆与火锅店里吃的菜，浑然不是正宗的麻辣味道。当然麻辣也在与时俱进，比如今天的麻辣水煮鱼、水煮豆花，属于所谓新川菜范畴，在20年前是没有的。现在更多的菜麻辣化了，更多的家庭喜欢在自己的菜里面多少加点麻辣佐料。

麻辣的世界不仅仅热气腾腾，而且有滋有味。医生告诉我们应该注意不要多吃麻辣，尤其对于心血管疾病患者、高血压患者之类的朋友。但是如果你和四川重庆的麻辣界朋友交流，似乎辣椒与花椒本身就差不多包医百病。而且如果不吃麻辣，那生活就简直谈不上质量。我自己的感受，其实四川重庆不需要那么多山珍海味，任何普通的菜料，放满一桌，甚至有的时候就是一种简单的蔬菜堆一堆，但放在麻辣里面，那简直就是化腐朽为神奇了。根据吃啥补啥的中国药学与食学原理，吃麻辣与爱吃麻辣的人可能比不吃麻辣的人更有味道吧。我的观点是主张性情生活的，没劲活百岁不如有劲活十年，所以我举双手支持多吃麻辣。

天养

我的眼，
永向全世界大大地张开，
然后，
我在心中，
酿出一首小小的，
诗歌。

11 月 22 日

星事

我织的星海，
在一根陌生的草头上，
晃悠。
而你的心事，
却压弯了，
那一轮熟识了的明月，
眉头。

11 月 23 日

聊斋

飞烟逢尘笑，
坠叶漫风道。
围炉煮八卦，
斗屋囤逍遥。

11 月 24 日

椰华

在海角，
我向椰果致敬。
她们是高悬的水，
是艰硬的凉，
是木质的翠，
是耐聚的种。
这一切，
就足以让我，
坐在海角，
为椰果的事迹，
仰望，
感动，
迷信。

11 月 25 日

疑梵

斑驳陆离南无墙，
清水寡汤糙米浆。
万般皆苦向青灯，
不识少林脂粉香。

11 月 26 日

听香

十月透雨降余姚，
九曲之江遗清照。
遥知酒友围火锅，
香飞江北共暖笑。

11 月 27 日

命线

我有一根线，
很长很韧很纤，
牵风那头牵云这边。
有人在这根线上走近走远，
让多少故事和说法由它牵连。
生命在这个世界飘过，

没有她就很零碎，
有了她就能缠绵。
这样的一根线，
不关酸甜，
无论深浅。

11 月 28 日

合一

天凉,人心不凉。
人老,天却不老。
天地里的人，
人眼里的天，
不知不觉的，
一起造一段同行的机缘。

11 月 29 日

珍觅

风餐暖，
檐上月，
水流慢，
丁香缺。
一点南雨化北雪，
无心漏耳天庭乐。

应惜此时有，
不待彼时绝，
花沉梦，
无处约。

11 月 30 日

黑白

我黑色的眼珠，
向往白天。
但我白色的梦想，
却愿意停栖在黑夜。
把我黑色的字，
留在白色的纸上。
我洁白的热情，
喜欢在黝黑的人群中流连。

12 月 1 日

秋叶

走进秋的深处，
风动，
飘卷起一天欢绪。

12 月 2 日

食仙

晚树郁郁覆锦里，
清月峥峥照鱼米。
天鹅侧目海虹近，
盏盏红灯笼酒邑。

12 月 3 日

生活意境二十八：

寻求刺激的生活

——老是一成不变的生活就不是很有意思，我喜欢反差，比如今天这样我喜欢高希均教授慢悠悠的讲话，也喜欢他讲历史，即使已经听了好几次，因为我自己喜欢讲得快，喜欢讲未来，讲很新鲜的东西；我喜欢小母牛国际公益项目，因为我们是飞马，牛头与马嘴对到一起来了；我也喜欢今天这样一个地方，与很多的传统媒体人讲新媒体的事情。这就是反差，有反差就有刺激，有刺激就有压力，压力带来我们的进化与追求。高教授喜欢讲得很周全，但是讲得周全可能就不够新鲜，互联网讲究创新，也许是聚焦一点突破，很多点并不成熟，但没有关系，因为其他人都没做，其他人挑战不了你，而正因为你突破一点很刺激，因此对于其他点的运筹就带来了压力。而我们在压力之中则有可能更开动脑筋，更加有出人意料的新主张与新行动。我们在这样的压力下，是会痛苦的，但是在痛苦之中我们就可能有了新的前进方向。问题不在于压力的痛苦，问题在于有了解决压力的新方案的时候有没有尝试的空间。

——经济的变革正在表现出崭新的趋势，我总结为三个特点，那就是服务产品化——更规范更有形；产品服务化——更贴近消费者，更讲究交互管理；数据可视化——更快地导出数据，呈现数据，能帮助人们进行一目了然的判断与决定。这三个特点都要求我们跳出过去固化的圈子，而能进行创新的尝试。当能实现这三点，产品或者服务就具备了很高的互联网化的特性。

——公益群体也需要有很强的经营观念，没有经营很难有良好的运作条件，其中有三点形成了三个层次：个人层面需要积极面对资源，随时琢磨将资源转化为价值的途径与方式，一个人也许不能成为支持者，一百个人里面多少总有几个支持者，只有锲而不舍才能发现有缘人；对于现有资源只有不断创新才能形成新的筹资动力，才能让大家产生持续的支持；还要经营好自己已经在手头的资源，对于黑苹果来说，已经形成的公益项目，要分类、梳理可视化资料，很好地呈现在大家面前，这样才能让他们的工作得到审计，还可以让他们的事迹得到传播。这是透明化的要求，也更是一种让大家产生持续增长的支持的前提条件。公益机构只有提升了经营经验，才能超越以往的约制，产生独特的成效。

举父

我从不曾料到父亲的衰老，
面对一种衰竭的现实，
他当日的英气，
仍然是我想象的旗帜，
展开他的笑，
他的光豪。
我没有放弃他的基因，
甚至头脑里，
依然飘扬他的衣冠裙袍，
而我，
就像他旧枝上活泼的新苗。

12 月 4 日

天意

昨闻雾霭盖京城；
归门雪飘正无声。
大爱从来不需说，
满壁古香亦照萌。

12 月 5 日

冬萌

春花蹉跎陈汉堂，
冬叶婀娜枯柳廊。
当初一脉楚怀香，
但待千锦衣妙郎。

12 月 6 日

桔宫

桔中有穹，
无雾无淞，
风花解怀，
凝黄络绒。
天明鹅透，
碧丝牵同，
润香珠环，
天酿仙胴。

12 月 7 日

青洲

愁困冬鸦瘦。
喜驻我眉头。

一弯冰水远，
寒阳照近洲。

12 月 8 日

览原

烈烈长风寒，
湛湛暖阳还。
陇塬青未褪，
寂寂任霜攀。

12 月 9 日

落漠

刀锉相格，
其情亦伤。
处远无期，
其尘亦昌。

12 月 10 日

融化

春水听说雪的消息，
就把她埋在欢喜里。

让云影慢慢走过，
想雪花会在这里轻轻融栖。
有那刹那的相纳，
谁还会在乎是谁先有爱意？

12 月 11 日

马北哈

春江敏秋杏晖黄，
冰林立雪叶荣芳，
豪雷清辉骐凤季，
沈茜杨萍鸣世方，
燕伯振马建国光，
于华陈海卫民旺，
岳王富侠顾峥嵘，
桑军锐健仗秦钢。

12 月 12 日

西湖鱼

春季的湖里，
淤泥，
荷秆初生，
略浑的水。
冬季的湖里，

淤泥，
荷秆略枯，
水略清。
我们就在这里游行，
习惯了四季轮回，
习惯了无所谓风景。

12 月 13 日

酥颜

君凌箐云抹红飞，
我纵白驹驭朱辔。
周郎醉看小乔懒，
馨容正好笑是非。

12 月 14 日

素遇

天在下着雨，
我走在路上，
与雨点儿因此邂逅，
却再不会相会。

12 月 15 日

生活意境二十九：

我很爱吃水货

我很喜欢吃各类水产品，可能是因为江苏人的关系，我还比较偏爱河鲜，以河蟹居首位，而对海鲜的兴趣比较一般。在所有的海鲜中，比较喜欢的是梭子蟹，并以活呛的方法为最爽口；其次是大龙虾，以用芥末做成萨西米为最好吃；海鱼中以石斑最喜欢，最爱吃的方法是把鲜鱼清蒸，然后就少许盐吃；也在俄罗斯海边吃过地道的活鲜贝和毛蟹，就用盐水煮来吃，味道相当好。日本菜与广东菜都是很得吃海产品的要领的，最基本的要领就是鲜活与原味，这样吃的时候就是吃的那些水产本身的味道，而不会被佐料夺了菜的本色。这鲜活一项也是做河鲜的关键。但是对于河鲜来说，它们的土腥味道就会更浓。因此，需要用较浓的佐料去烹制。

在河水中，如果按照水层的上下大约可以分成五层，其中所生产的水产有很大的区别。最浅层水往往我们可以看到露头或者露嘴的鱼，典型的是花鲢、白鲢、白水鱼，以浮游生物为食，多适合网捕或者叉捕，不容易钓上来，这些鱼的肉质比较细腻，而且土腥味道最浅，因此

可以清蒸来吃，往往只需要放很少的盐、白酒、米葱做料，盛起来之前放很纯的生抽就可以吃了。第二层中有白米虾、银鱼、鳊鱼、雅鱼一类，多以浮游生物和一些杂食为食，也以网捕为主，它们的土腥味道也比较淡，鱼可以清蒸或者红烧，用酱浅些，而银鱼就可以与鸡蛋一起炒，白米虾以淡盐水白灼味道保全得最好。第三层最典型的是草鱼或者称皖鱼，以河边草与水草为食，可以垂钓与多种方法捕捉，特别适合叉捕，个大肉厚，多在两斤以上才算成鱼，有点土腥味道，适合做成熏鱼、蒸咸鱼、红烧、干烧、水煮与火锅烫。第四层的鱼则相对贴近水底，其中包括有鲫鱼、乌鱼、鲤鱼，这类鱼在水面有动静的时候多会扎入水底浑水或者旮旯里面，而在无事的时候会稍稍游到中层，它们多为荤素杂食，适合钓捕，这类鱼不适合清蒸，非常适合做成味道较重的麻辣家常菜或者红烧、干烧的菜，乌鱼与鲫鱼也是非常合适熬汤的材料，配合豆腐或者山药熬汤会更好，汤色可以做到完全雪白，喝之前可以稍微加点白胡椒面，而且注意这类鱼汤一般趁热喝、不要剩余，二次加工的腥味就浓了。在这一层的草虾则适合油爆，做成醉虾也不错，还可以尝试下笼蒸虾，河虾比之海虾，没有肠线，是更干净的虾，吃起来也方便。最后一层算在水底河泥上生活的水产，其中包括鳗鱼、鳝鱼、泥鳅、昂刺鱼也称黄骨鱼，也包括贴近河边的甲鱼，这类水产多食动物类食料，可以钓也可以用特殊工具捕捉，我小时就会用缝衣针做成特殊的钓具钓甲鱼的。河底水产通常有各自不同的煮法，但是通常都是比较强的做法，比如泥鳅适合干煸，黄鳝适合做成炒鳝丝且适合与味道强的韭菜或者洋葱同炒，鳗鱼适合烤制，也可以蒸但往往需要加比较多的霉咸类佐料，昂刺可以做成黄焖也可以红烧，而甲鱼则适合红焖或者用冰糖为料做成水晶鳖。河底还有螺蚌类，通常它们的土腥味道更浓，因此通常要选择口味比较浓重的做法。

水货的吃法也与它们的形状大小有关，其实中国长江流域的人是比较喜欢吃规模比较小一点的鱼类的，对于很大的草鱼、鲤鱼的欣赏度都不高，真正讲究吃的鱼往往是中小鱼，比如二三两的鲫鱼、一斤以下的鳊鱼，就是虾也不是最大最好吃，苏北人爱吃的虾酱甚至就是刚孵出来的微虾构成的。长江流域的孩子们从小锻炼出来吃小鱼小虾的能力，这与他们后来的心思的细致是不无关系的。长江人把鱼分的类别细了，而且吃饭的区别也最多，我们今天所知的几乎所有的鱼的做法长江人都有，而他们的很多做法在其他地方则没有。粤闽人吃的海鱼与北方人吃的河鱼均属于规模比较大的，做法也比较单一，仅仅在水货的人为加工一道来说，长江人一定是胜一筹的。有人曾经听说过多吃鱼智力会好，这个大概有点营养学上的根据，我自己一个很重要的观察是，因为能复杂地吃鱼的地方会非常锻炼人的日常变化心（琢磨不同的煮法）和警戒心（防刺），而在很多吃饭的场合，人们吃鱼的水平真的会成为别人观察与评价你的话题。我曾经看到过我们上海公司有同事能把小鱼小虾头肉吃完还能完整保存其尸骨形状的，因此吃鱼可以是非常重要的日常技能性训练项目。

冬裢

冬枝枯举鹊巢凭，
绣衣暖递壮士沁。
亲宠偶沾化风阑，
三寸寒霜不侵心。

12 月 16 日

村鹊

山泉，桥板，老树之外，
走进来了一个新客，
和这里所有景色，
有点格格不入。
不过还算好，
只待一晚，
人走了，
照旧，
安。

12 月 17 日

如意

枯林隐长歆，

江右闲千町。
一水问天下，
究竟田园心。

12 月 18 日

云韵

心头越过一片云，
荫荫轻覆草头晴。
你听你听！
花开还真有声音。

12 月 19 日

异色

天是灰色的，
雨是透明的。
绝对是灰色的，
自由是透明的。
社会是灰色的，
你我是透明的。

12 月 20 日

寒尘

寒声吠暖梦，
薄雪覆深恸。
天人誓易破，
依旧鸿尘中。

12 月 21 日

有些

有些话只在梦里想起，
有些朋友曾偶尔相遇，
有些花已经凋零成泥，
有些邂逅编成了戏剧，
有些理想正被人忘记，
有些幸运则从未预期。
有些事情没有人当真，
另一些有些不只有些。

12 月 22 日

曲颜

莲之蓝者，
城之古者，

江之凝者，
情之依者。
甚嫣，
如舫，
其风可逐。

12 月 23 日

香荆

香味，
像一阵风，
我还没来得及怀抱她，
她就已经远离匆匆。
或者，
她就像一盆炭，
或者死寂，
或者火红。

12 月 24 日

立场

立于荫，
让出灿烂地盘上的阳光。
立于岩，
为丛山峻岭寻找方向。

立于野，
感受飞的马才能跨越的苍茫。

12 月 25 日

晨雨

我离开的时候，
迟疑有如一个半醒的幻梦，
雨正下得汹汹。
墙角，
是一汪汪浅笑，
栽得下若干发酵的情种。
我的线帽大清早就湿了，
唉，
天上的水儿啊，
谁把你们打发得那么匆匆？

12 月 26 日

生活意境三十：

与谁同食？

与谁一起吃饭是一件有意思的事情。对于我来说，也是一件与胃口密切相关的事情。与这样五种人一起吃会吃得很有味道：其一是美食家，可以吃到他们点的特别的菜，可以明白菜中特别的做法、道理与讲究，可以在知性意义上体会菜；其二是会讲笑话的人，笑话真的是下菜的好佐料，以前读欧洲小说的时候对于饭桌上的话题描述很多，事实上就在我们吃饭中，如果和有趣的客人一起吃，趣味与胃口就会提升很多，气氛也会非常活跃；其三是会发问的人，有悟性的同食者懂得向不同的朋友提出适当的问题，使得整个吃饭的时间不会冷落与尴尬，而且那些问题提得恰到好处的时候，可以很好地让那些擅长表达的人得到发挥的借口，他们又会用得体的方式提醒那些过于夸夸其谈的客人；其四是会做游戏的人，游戏会让饭桌上有共同的活动穿插在吃饭中，当然游戏也不要密到影响吃饭喝酒；其五是与喜爱的人——家人、好朋友、老同学、心仪的人，吃饭到了与喜欢的人在一起就会变成了献殷勤与表亲情的时候，所以就是没有上面那些内容，在家长里短、卿卿我我中一起吃饭，气氛与感觉就很不一般。

在很多的吃饭场合，有些饭局虽然有价值与用处，但就美食而论则是不太享受的：其一是与刻板的高地位者，往往气氛凝重，大家围绕领导拍马，都在虚应故事，如果他还是一位不太知趣的夸夸其谈者或者不能放下架子吃饭的人，那就更累了；其二是对吃饭没有讲究的人，他们往往无心于食物，而是盯着某些人谈事情或者只是逢场作戏地作陪，他们在吃饭的时候表现出明显的百无聊赖、默默吃饭的样子，如果你不巧坐在这样一位客人面前真的很倒霉；其三过于好酒者，喝酒很有调节气氛的作用，但是过于好酒者则把餐桌重点完全弄到拼酒上去了，这就让人很难舒服，而且酒喝多了还不是一时半会儿才能好受。

我在大半的时候享受请人吃饭的乐趣，因为主动请人决定了同食者更靠近前五种人，而在被请的时候同食者往往会出现后三种人。其实，一起吃饭本身是一种蛮亲近的表现，我喜欢那些为吃饭而打扮得好看潇洒，精神热情，把饭桌当做一次开心的交往的同食者。我在饭桌上则通常扮演点菜服务者、琢磨菜肴的人、讲故事的人、能够互动的人，在这个意义上我还算是一个不错的同食者，哈哈，欢迎大家多请我吃饭哦，不过，最好是有点特色的菜，而如今单纯的吃已经是负担了，只有特色的吃对我来说才是百吃不厌的。

寒旌

寒鸦哚哚伤心诀，
长漠堑堑断城阙。
风水摇摇沁似花，
雪岚皎皎洁如月。

12 月 27 日

真节

深蓝的玫瑰，
开放在我的身后。
彩云斑斓的时节，
人们的理想已经腐朽。
冰霜质问青涩的意志，
寒风飘扬天真的领袖。

12 月 28 日

寒锋

白壁冰峰北极晖，
黑风长沙戈壁堆。
我以雪羽指南国，

只思征程不思归。

12 月 29 日

边城

一片长沙一页筝，
一点关楼一抹城。
历来西关春风远，
不闻人声闻寒声。

12 月 30 日

遗缺

惟其不读，
而觉无书；
惟其不修，
而觉无珠；
惟其不勤，
而觉无措；
惟其不逊，
而觉无笃。

12 月 31 日

生活意境三十一：

旅行是一桩必需的学习

有人觉得旅行就是一件完全放松的事情，就是完全地不做工作的事情，就是完全的玩，就是看景点，就是参与娱乐项目，就是啥也不想，就是胡吃海喝。可对于我来说，旅行是一种观察，一种对话，一种接触，一种体验，一种新知，一种思考，一种探索，一种写作，一种发现。因此，我把没去一个地方前搜集的信息，去一个地方后的真实体验，一个地方与其他地方的比较，写成了这许多文字，因此有了这本书。

对我来说，每到一个地方总是那么新奇，我舍不得把这样新奇的感受埋没，更舍不得就此无动于衷地走过又忘记，我除了拍照，就是会微博，还会写作游记，唯恐把自己的所见所感遗落了。很多时候我们是有很多灵感的，尤其我们在异域文化中，我们很容易受到刺激与启发，我们很容易灵光一闪，也很容易感慨万千，还很容易一了百了。对于我来说，我愿意让自己在全世界的足迹留下来，把自己观察的痕迹留下来，这不只是对于自己的交代，对于那些曾经与我们性情交往过的人事的交代，更是把自己的见识与省思与他人分享的努力，我走过的世界也能成为其他人可以触及的知识的一部分。

因为成长经历与资源差异的缘故，不是所有人都有同样多的见识，也不是所有人都那么看重跨文化的知识，我把自己能有机会游历世界的各个部分看成人生的幸事，我也愿意把这样的幸事与他人分享，更愿意因此而激发更多后来人行万里路的兴趣与热情。而且不只是动员，更是方法论的赋予与沟通。如果可能，我甚至愿意把自己对于世界的感受与中国以外的其他文化里的人去分享，这也是为何现在我去世界各国的游历中，每到一个国家尽量去安排一个“中国日”，在这样的时候既有与本地人分享中国的事情，也有与当地法人组织分享的事情。我们要减少世界上的误会，最好的方法就是最大限度地去分享与沟通。

在地球上，还有一些地方我需要去游历，包括东欧地区、巴尔干地区、黑海地区、西非地区、中美洲地区与加勒比地区、北欧地区，这也是未来几年我游历的重点。其实正因为要去，我是很在乎搜集与阅读那些地区的知识的，同样也因为很多人要出去，所以大家也很在乎我与大家分享的另外一些地区的知识。看，这就是读书与游历之间的互动关系了。

图书在版编目(CIP)数据

心途：袁岳的手机诗/袁岳著. —上海：东方出版中心，2015.8

ISBN 978-7-5473-0810-3

Ⅰ.①心… Ⅱ.①袁… Ⅲ.①诗集-中国-当代 Ⅳ.①I227

中国版本图书馆CIP数据核字(2015)第138207号

心途：袁岳的手机诗

出版发行：东方出版中心
地　　址：上海市仙霞路345号
电　　话：62417400
邮政编码：200336
经　　销：全国新华书店
印　　刷：昆山市亭林印刷有限责任公司
开　　本：890×1240毫米 1/32
字　　数：170千字
印　　张：7.5 插页2
版　　次：2015年8月第1版第1次印刷
ISBN 978-7-5473-0810-3
定　　价：39.00元

版权所有，侵权必究

2023